KB061554

소중한 이와 나누고픈
따뜻한 이야기

풀잎에도

상처가 있다는데

To :

당신은 따뜻함을 함께 나누고픈
소중한 사람(분)입니다.

From :

함께 나누기

소중한 두 사람과 이 책을 함께 나눈 인증사진을 보내주신 50분과,

이 책의 이야기를 SNS로 함께 나눈 인증사진을 보내주신 50분께

마음이 따뜻해지는 선물을 보내드립니다.

- pulipsangcheo@naver.com

소중한 이와 나누고픈
따뜻한 이야기

풀잎에도
상처가 있다는데

이창수

도서
출판 행복에너지

마음이 따뜻해지는 책이에요! 일상에서 경험할 수 있는 소소한 이야기들을 편하게 풀어가는 것이 마치 저녁 식탁에서 이야기하는 것 같아요!

- 박영순

얼마 전 아버지를 여읜 후 마음에 구멍이 뚫린 것처럼 허전했는데, 이 책을 보면서 위로가 되더라고요. 따뜻함을 느꼈어요! 책이 나오면 주위 사람들에게 선물해 줘야겠어요.

- 이은숙

편안한 친구와 함께하는 길에서 주절주절 풀어내는 삶의 이야기이다. 책을 읽다 보면 작가의 이야기는 어느새 내 이야기가 되어 버린다. 일상 속의 대화를 통해 마음의 문을 열고 싶어 하는 사람에게 권하고 싶다.

- 박성재

저는 일상의 이야기에 관한 책을 좋아하는데 오후에 책을 받고 너무 재미있어서 그날 저녁에 다 읽어버렸어요. 작가님의 감성에 놀랐어요!

- 김성혜

책 내용이 따뜻해서 참 좋았습니다! 머리 아프게 하는 업무가 발생해서 많이 힘들었는데 아름다운 책 덕분에 힐링했네요! 따뜻한 글이 출간되기 전 먼저 검토할 수 있게 해 주셔서 오히려 감사드립니다.

- 계경희

책이 술술 읽히다 보니 너무 빨리 읽어버려 '책 분량이 너무 적은 거 아닌가?'라는 생각이 들더라고요! 좋은 글이 많아서 우리 딸아이에게도 보여줄 생각입니다.

- 이현주

일상에서 일어나는 소소한 일, 내가 항상 겪고 있던 친숙한 일들에 대해 '어? 나는 왜 이런 생각을 못 했지?'라는 느낌이 들게 하는 책이다. 그러면서 내 자신의 삶을 다시 돌아보게 한다.

- 김승신

'코로나19' 사태로 여러가지 점에서 힘들었는데, 이 책을 보면서 많은 위로를 받았다. 일상의 소중함을 다시 생각해 보는 계기가 됐다.

-이순곤

꽃망울 속에 웅크리고 있는 어린 꽃봉오리처럼
가슴 깊이 담겨 있는 당신의 이야기와 사연을 보내주세요.

당신의 이야기와 사연을
한 땀 한 땀 정성껏 글로 엮어서
함께 나누겠습니다.
csman2020@naver.com / csman2020@daum.net

기쁨과 슬픔도 길이 되듯
당신의 사연도 글이 됩니다.

이 책이 당신에게 따뜻한 선물이 되면 좋겠습니다.

들길에 앉아 저녁놀을 바라보면

상처 많은 풀잎들이 손을 흔든다

상처 많은 꽃잎들이 가장 향기롭다

— 〈풀잎에도 상처가 있다〉中 , 정호승

　태풍이 불고 폭우가 쏟아지는 들녘에 우람한 나무 한
그루가 영화 〈스파르타쿠스〉에서 검투사들이 살아남기 위해 적과 싸우는 것처럼 비바람을 정면으로 맞으며 서 있습니다. 주위의 풀잎들도 비바람을 따라 이리저리 흔들립니다.

태풍이 휩쓸고 간 다음 날 지나가던 나그네가 풍상의 흔적을 간직한 나무를 위로합니다.

"나무야 나무야, 모진 비바람을 견뎌내느라 수고했구나. 이 많은 상처들을 내가 위로해 주마."

순간, 연약한 풀잎이 나그네에게 작은 목소리로 속삭입니다.

"내게도 상처가 있어요. 나도 위로해 주세요. 나도 비바람을 버티며 살고 있어요."

그 소리가 소곤소곤 내 귀에도 감기는 듯합니다. 하지만 나그네는 그 소리를 듣지 못합니다.

우리 주위에는 수많은 사연과 상처들이 떠다니고 있습니다. 어떤 사연은 이해받고 어떤 상처는 위로받지만, 그런 기회를 잡지 못해 떠다니는 것들이 더 많습니다.

정호승 시인의 시를 접하는 순간 깨달았습니다. 들녘에는 나무만 있는 것이 아니라 풀과 꽃도 있다는 것을. 풀잎과 꽃잎에도 상처가 있다는 것을.

'그 상처를 위로해 줄 수는 없을까?

고민했습니다. 그리고 결심했습니다. 미력하나마 글로써 위로해 보자고.

그 첫걸음으로 작은 풀잎의 사연부터 풀어가기로 했습니다. 많은 분들이 자신의 일인 양 도움을 주고 검토해 주셨습니다. 그분들도 자신의 사연과 상처를 갖고 계신 풀잎들입니다.

이 책을 집어든 당신의 사연은 무엇입니까? 당신의 상처는 누가 위로해 주나요?

당신 생의 주인공은 당신입니다.
당신은 위로받을 자격이 있습니다.

이 책이 그런 계기가 되었으면 좋겠습니다.

— 이 책이 작은 위로가 되기를 바라며
이창수

● 목차

001   풀잎과 바람

001

풀잎과 바람

　가끔 광고가 주는 메시지에 감탄할 때가 있다. 우리가 무심코 지나가는 것들, 당연한 것으로 치부하던 것들에 대해 촌철살인寸鐵殺人, 간단한 말로 남을 감동시킴의 메시지를 전달한다.

　어느 광고의 한 장면이다.
　한 형사가 용의자를 발견한다. 용의자는 달아나고 형사

는 그를 잡기 위해 추격전을 벌인다. 용의자가 시장 골목으로 도망치면서 매장 앞에 쌓아놓았던 상자를 무너뜨리고, 상품 진열대를 쓰러뜨린다.

한참을 도망치던 용의자가 주인 없는 오토바이를 발견한다. 오토바이를 타고 도망친다. 쫓아오던 형사는 옆에 있던 젊은 여성의 차를 빼앗아 타고 뒤쫓아 간다.

화면은 두 남자의 얼굴을 비추다 차를 빼앗긴 젊은 여성의 난감한 얼굴을 클로즈업close-up한다. 그러면서 멘트가 흘러나온다.

'모두가 주인공을 볼 때 우리는 당신을 봅니다.'

이 광고를 보면서 가슴 한구석이 울컥했다. 영화나 드라마에서는 이런 장면에서 추격하는 주인공이나 도망치는 용의자의 상황만 부각한다. 실제 그런 일이 발생하면 재산이나 신체상 손실을 입는 피해자가 생기는데, 영화나 드라마에서 그런 피해자는 그저 스쳐지나가는 장면의 하나로 그려질 뿐이다. 그리고 그들이 입은 피해에 대해서는 더 이상 다루지 않는다. 스쳐지나가는 엑스트라이기에.

하지만 영화 속 엑스트라도 그들 인생에서는 주인공이다. 그들도 누군가에게 관심을 받고 있으며, 수많은 사연을 안고 살아간다. 우리가 발붙이고 사는 땅덩어리에는 사연 없는 이가 없다는 말처럼.

추격전을 벌이는 과정에서 주인공보다 피해 받은 이들에게 먼저 관심을 주는 사람은 누구일까?

그런 경험을 갖고 있는 사람이다. 상처를 겪어본 사람은 안다. 그 상처의 고통과 아픔이 어떠한지. 그래서 다른 사람에게서 자신과 비슷한 상처가 보이면 그 아픔을 공유하게 된다. 아파봤기 때문에.

세간의 이목을 집중시키는 유명인들이 많다. 정치인, 경제인, 학자, 체육인, 연예인 등 다양한 분야에서 성공한 이들이 많으며, 이들의 일거수일투족은 좋은 일이든 나쁜 일이든 세인의 관심을 받는다.

하지만 세상을 떠들썩하게 하는 이들만 사연과 상처가 있는 것이 아니다. 풀잎에도 상처가 있듯이 평범한 우리 모두 사연과 상처를 품고 살아간다. 아무리 보잘것없는 몸뚱이의 소유자일지라도 바다를 메울 만한 사연 하나쯤은 가슴 깊이 묻고 살아가기 마련이다. 또 땅을 덮을 만큼 넓고 깊은 상처도.

다만 그런 사연과 상처를 너그럽게 보듬어줄 사람이 많지 않은 게 현실이다. 우리 마음에 그럴만한 여유가 없는 걸까? 아니면 자존심이라는 커다란 겉옷에 폭삭 파묻혀 나를 보이지 못해서인가?

자동차를 빼앗긴 후 넋 놓고 바라보며 속앓이만 하다 보면 그 상처는 새살이 되지 못하고 점점 굳어져 흉터로 남게 된다. 상처를 위로받고 싶다면 자기 상처를 진솔하게 내보이는 용기도 필요하다. 상대방이 나의 아픔에 공감할 수 있도록. 진솔함은 우리가 보이는 거의 모든 행위에 면죄부를 부여하지 않는가!

이 광고는 무관심하게 넘어갈 수 있는 작은 풀잎의 상처 하나하나에도 정성을 기울이겠다는 의미를 실감나게 전달했다. 이 광고를 기획한 이에게 찬사를 보낸다.

말에 베인 상처는

더 아프다는데!

가끔은 그런 날이 있다. 무언가를 속에 담아두고 싶지 않고 쏟아내고 싶은 날. 입을 열고, 혀를 춤추게 해야 속 시원하게 느껴지는 날.

그런 날이면 성대에서 만들어지는 음파를 삼국지 적벽 대전에서 백만 조조군이 쏘아대는 화살처럼 무수히 누군 가에게 날린다. 또 그 사람의 모든 것을 아는 양 일거수일투족을 난도질하기도 한다. 그러면서 던지는 마지막 말.

  '아니면 말고'

  낚시꾼이 낚싯밥 던지듯 자기 생각을 툭 던진다. 상대방이 낚싯줄에 걸리면 '옳다구나' 하면서 공격하고, 아니면 없던 일로 하란다. 사실이 아니면 신경 쓰지 말란다. 그 말에 상대방이 받게 되는 상처는 전혀 개의치 않는다.

  말에 베인 상처는 칼에 베인 상처보다 더 아프다는데, 자신의 말에 베이는 상대방의 상처는 전혀 신경 쓰지 않는다. 자신은 아프지 않다면서. 좋은 말도 백 번 들으면 싫고, 옳은 말도 성가시다며 소리치지 말라고 읊조리는 시인도 있는데 말이다.

> 거기 언덕 꼭대기에 서서 소리치지 말라.
> 물론 네 말은 옳다,
> 너무 옳아서 말하는 것이 도리어 성가시다.
> ─ 〈언덕 꼭대기에 서서 소리치지 말라〉 中, 올리브 하우게

  하물며, 사실 여부도 확인하지 않으면서 던지는 말

아니면 말고,

               아니면 말고,

                             아니면 말고

무책임한 말의 최고봉이다.

어떤 말을 하느냐보다 어떻게 말하느냐가 더 중요하다고들 한다. 하지만 말의 칼날에 베이면 어떤 말이건, 어떻게 한 말이건 관계없이 아픈 상처를 남긴다.

가끔 지나온 하루를 영사기처럼 돌려본다. 그러면서 내 자신을 돌이켜본다. 말의 칼춤과 언어의 화살로 소중한 이의 가슴에 깊은 생채기를 만들지는 않았는지.

슬
픔
도
길
이
된
다

〈래빗 홀〉이라는 영화가 있다.

교통사고로 어린 아들을 잃은 엄마 베카(니콜 키드먼)가
실수로 자신의 아들을 치어 죽인 소년을 우연히 만난다.
그 소년이 비록 가해자일지라도 그날의 사건을 공유하고
있다는 사실에 소통할 수 있고, 그러면서 상실감을 위로
받는다.

소년과 베카가 대화를 주고받는다.

소년 : 가슴에 얹힌 이 무거운 바위를 어떻게 해야 하나
요?

베카 : 시간이 지나면 무거운 바위가 점점 작아지면서 나
중에는 주머니에 넣고 다닐 수 있는 조약돌만큼
작아지지. 언제부터인가 견딜만해져. 그러다 가
끔은 그 조약돌을 잊어버리기도 해. 하지만 문득
생각나 손을 넣어 보면 거기 있는 거야. 그렇게 계
속 가는 거야.

슬픔의 유효기간은 저마다 다르다. 어떤 슬픔은 유효기
간이 없어서 살아가는 내내 마음을 아리게 하고, 또 어떤
슬픔은 잠깐 머물러 있을 정도의 유효기간인 것도 있다.

슬픔은 떨칠 수 없는 그림자이다. 슬픔의 유효기간이
지나기 전에는 아무리 벗어나려고 애를 써도 마음먹은 대
로 되지 않는다. 어떻게 마음을 정리해도 마음의 옷장 한
켠에 슬픔이 자리 잡고 있다. 미처 정리하지 못한 슬픔은
정리되지 않은 옷자락처럼 한 끝이 삐죽 튀어나와 있고,
어떤 슬픔은 서랍 안 깊숙이 넣어두어서 주름이 무늬같이
깊게 자리 잡은 옷처럼 아련한 기억을 만들기도 한다.

슬픔을 극복하기 위해 굳이 아닌 척 할 필요도 없다. 또 어설프게 극복할 필요도 없다. 슬플 때는 그냥 슬퍼하자.

내가 말했잖아
슬플 땐 울어버리라고,
슬픔이 넘칠 때 차라리 웃어버려

— 〈하늘색 꿈〉 中, 로커스트

로커스트의 유행가 가사처럼 마음이 흡족해질 때까지 목 놓아 울고 떠들자. 울다 지쳐 그 슬픔이 생채기로 자리 잡을 즈음 가지런히 접어서 옷장 깊숙이 넣어두자.

그리고 베카가 소년에게 말했듯이 가끔은 잊어버린 조약돌, 슬픔이라는 그 조약돌이 문득 생각나면 손을 넣어 만지면 된다. 어차피 그렇게 계속 가는 거라면 그렇게 슬픔의 길을 가면 된다. 바람이 불면 나무가 더 깊게 뿌리를 내리듯, 아픔도 길이 되고 슬픔도 결국은 길이 된다는 이 철환 시인의 노래처럼.

다툼 없는 세상이 있을까?

누구라도 이런 질문을 받으면 피식 하고 웃어버리고 말 거다. 말이 안 된다며.

우리는 살아가면서 종종 다툰다. 친구 간, 직장 동료 간 또는 부부간에. 심지어 처음 보는 상대와도.

다툼이 발생했을 때 상대의 잘못이 분명함에도 불구하

고 자기 잘못이 아니라고 우기는 바람에 막막했던 적이 한두 번쯤은 있었을 것이다. 아무리 논리적으로 설명해도 상대는 막무가내이다.

음, 이유가 뭘까?

'최후통첩 게임'이라는 것이 있다. 사람들의 감정과 이익과의 관계를 알아보기 위해 고안한 실험이다.

예를 들어보자.

당신은 A와 처음 만난 사이다. 두 사람이 길을 가다 100만 원을 주웠다. A가 돈을 나눌 결정권이 있고, 당신은 A의 제안을 받아들이거나 거절할 수 있다. 단, 당신이 거절하면 두 사람 모두 돈을 가질 수 없다.

만약 A가 자신은 90만 원을 갖고 당신에게 10만 원을 주겠다고 제안한다면 당신은 이 제안을 수락하겠는가, 아니면 거절하겠는가?

고민될 것이다. 수락하자니 터무니없이 불공평한 배분에 기분이 나쁠 테고, 거절하자니 돈을 한 푼도 못 받는다. 이성적으로 판단하면 이 제안을 수락하는 것이 옳다. 10만 원이라도 받는 것이 이익이기 때문에.

실험 결과는 어땠을까?

실험에 따르면 제안자A가 평균 37%에 해당하는 몫을 수락자당신에게 주었을 때, 즉 100만 원 중에서 약 40만 원은 줘야 수락자가 제안을 받아들였다.

40만 원 이하를 제안 받았을 때 거절한 이유는 무엇일까?

아마 당신이 고민했던 그 이유와 같을 거다. 감정이 상한 것이다. 상대방이 90만 원을 갖고 내게는 겨우 10만 원밖에 주지 않으니 기분이 나쁠 수밖에.

제안 받은 사람은 자신의 이익을 포기하면서까지 불공평한 분배를 거부한다. 결국 기분 나쁜 감정을 표현하는 편을 택하고 만 것이다.

다툼이 일어났을 때 잘못한 상대방이 계속 우기는 이유도 비슷하다. 내 첫 번째 대응에 상대방의 감정이 상했을 가능성이 크다. 이미 감정이 상해버린 상대방은 논리와 관계없이 자기가 옳다고 주장해버린다.

어찌 보면 당연한 일이다. 기분이 상한 상황에서 눈과 귀로 받아들이는 언어는, 잔잔한 호수에 돌멩이를 던졌을 때 만들어지는 물결처럼 우리 자신을 흔든다.

사람은 감정의 동물이다. 감정이 상하면 어부가 건져 올린 그물에서 물이 빠져나가듯 논리가 사라져버린다. 그물에서 물이 빠져나가지 않게 하려면 마법의 주문이 필요하다. 상대방에 대한 배려라는 주문.

배려는 사람을 비추는 따뜻한 햇살이다. 강한 바람보다 따스한 햇살이 나그네의 옷을 벗긴다. 대화할 때 배려라는 따뜻한 빛을 상대방에게 비추자. 상대방이 감정을 상하지 않고 마음의 문을 열도록.

논리는 재판에서 잘잘못을 따질 때나 필요한 것 같다.

'감정이 상하면 논리는 없다'.

불공평한 제안에 대해 기분을 표현하게 하면 어떤 결과가 나올까? 예를 들어 수락자가 거부 또는 수락하면서 '이건 불공평하다'라는 불만을 적어 제안자에게 감정을 표현할 수 있도록 한 경우다.

실험에 의하면 이런 경우 불공정한 제안을 거부하는 비율이 줄어드는 것으로 나타났다. 즉, 제안을 거부하는 것은 감정을 표현하는 것인데, 이를 글로 써서 표현하게 하자 불만스러운 감정이 누그러진 것이다.

이처럼 사람들은 실제로 문제가 해결되지 않더라도 자신의 답답함을 표현하면 감정이 어느 정도 해소되는가 보다.

내
려
갈
때
야
보
이
는

'아~, 힘들다!'
산행을 좋아하지만 산에 오를 때마다 내뱉곤 한다.

산에 오를 때는 힘이 들어 고개를 숙인 채 올라가게 된
다. 그렇다 보니 한겨울 보리가 얼지 말라고 땅을 꼭꼭
밟아주듯 내 등산화가 꾹꾹 밟고 지나가는 길만 보기 일
쑤다.

가끔 고개를 들면 세상의 모든 짐을 지고 가는 것처럼 힘겨워 보이는 앞 사람의 뒷모습만 보기도 한다. 그러다 정상에 올라왔을 때나 또는 하산할 때 산의 풍경을 볼 수 있는 여유를 비로소 찾는다.

〈그 꽃〉이라는 시가 있다.

> 내려갈 때 보았네
> 올라갈 때 못 본
> 그 꽃

삼행의 열다섯 글자로 이루어진 이 짧은 시를 읽노라면 가슴 한구석에서 뭔지 모를 짠함이 고개를 쳐든다. '산을 오르다 보지 못했던 꽃을 내려올 때 보게 되었다'는 이 단순한 표현이 우리 가슴을 뭉클하게 한다. 마치 살아온 날들을 되돌아보며 느끼는 감정을 노래하는 것 같아서.

무심코 지나쳐 볼 수 없었고, 내려올 때야 겨우 만나게 되는 꽃이 우리 인생에 얼마나 많을까?

지천명知天命, 나이 50세를 일컫는 말이 훌쩍 넘은 이들에게는 삶을 돌아보게 해주는 이 시가 젊은이들에게는 어떻게 와 닿을지, 궁금하다.

〈비로소〉라는 시도 있다.

> 노를 젓다가
> 노를 놓쳐버렸다
> 비로소 넓은 물을 돌아다보았다

사공은 강을 건너는 것이 목표이기에 열심히 노만 젓는다. 노를 놓쳐버리고 나서 할 일이 없자 그제야 주변을 둘러본다. 그러면서 강이 넓고 풍경이 아름다운 것을 비로소 알게 된다.

곰곰 생각해 본다. 경주마가 도착점을 향해 앞만 보고 달리듯 우리도 목표만 생각하고 달리고 있지는 않은지?
인생의 최종 도착지는 죽음이다. 그렇게 빨리 가지 않아도 결국은 종착지에 도달하게 된다.

여섯 단어로 된 짧은 소설도 있다.

For sale: Baby shoes, never worn
(아기 신발을 팔아요, 한 번도 신지 않았어요.)

〈노인과 바다〉의 저자인 헤밍웨이에게 동료 작가친구라는 설과 모르는 사람이라는 설도 있다가 '열 단어 이하로 감동을 줄 수 있는 소설을 쓸 수 있냐'며 내기를 걸자 헤밍웨이가 냅킨 위에다 쓴 글이라고 한다.

아이를 위해 신발을 샀지만 아이가 세상을 떠나 더 이상 필요가 없게 되어 그 신발을 판매하게 된 부모의 마음을 표현한 글이다. 내기를 건 사람은 이 글에 감동을 받아 눈물을 흘림으로써 내기에서 진 것으로 전해진다.

며칠 전 시청한 드라마 스토브 리그의 한 장면이 머릿속을 떠나지 못하고 뱅뱅 맴돌고 있다.

딸이 가장인, 모녀 둘이 사는 가정이다. TV를 시청하는데 엄마가 허리 운동을 열심히 하고 있다. 딸이 엄마의 무릎이 괜찮은지 걱정한다. 엄마는 딸이 묻는 말에 신경도 쓰지 않고 엉뚱한 말을 한다. 동네 편의점에서 자기에게 캐셔계산원를 해달라고 했다며 기분 좋아한다. 이른바 동문서답이다.

딸이 엄마 무릎을 걱정하며 말린다. 그러자 엄마가 장롱 깊숙이 숨겨 놓은 보석을 꺼내듯 마음 깊은 곳에 감추어져 있는 속마음을 꺼내 딸에게 보인다

"돈 때문이 아니야. 하든 안 하든, '미숙 씨가 해주면 좋겠어요'라는 말을 듣는 게 기분이 좋아. 아무나 할 수 있는 일임에도 불구하고 내가 해주었으면 좋겠다고 하잖니. 그게 기분이 너무 좋아."

드라마라서 가능한 멘트였을까?

그렇지는 않을 거다. 그녀의 말에서 나름의 진정성과 절박함을 느낄 수 있었다. 그녀는 우리가 쉽게 토해내지 못하는 말을 대신 해준 것 같다.

타인으로부터 받는 인정은 삶의 불꽃을 타오르게 하는 불쏘시개와 같다. 황량한 들판을 걷다 지쳐 쓰러진 나그네가 맑고 깨끗한 샘물을 발견하여 기운을 차리듯, 힘든 현실에서 누군가로부터 인정받는 말 한마디는 몸 구석구석의 세포를 활성화시킨다. 비록 그 인정에 취해 몸이 쓰

러지는 한이 있더라도.

드라마에서 미숙 씨도 누군가 자신을 알아주고 인정
해준다는 사실에 새 신발을 신고 기뻐하는 어린아이처럼
즐거워한 것이다.

상대를 인정한다는 것은 '당신을 믿는다'는 의미이다.
누구를 믿는다는 것은 몸을 만들기 위해 운동하는 것처
럼 의지를 갖고 노력해서 되는 것이 아니다. 물이 높은
곳에서 낮은 곳으로 흐르듯 마음 깊은 곳에서부터 자연
스레 생겨나는 감정이다.

'너를 믿어'라고 하는 말에는 그 의미와 달리 '너를 믿
게 해줘', '너를 믿고 싶어'라는 속뜻이 숨어 있는 경우도
있다. 또 다른 드라마사랑의 불시착의 한 장면에서 그것을
확인할 수 있다.

군 중대장현빈이 비무장지대를 순찰하다 지뢰를 밟았
다. 중대원이 그 사실을 알게 되자 지뢰 해체반을 부르겠
다고 한다. 하지만 그렇게 하기엔 시간이 너무 오래 걸린
다며 중대장이 사병에게 명령한다. 지뢰를 직접 해체하

라고.

중대장의 명령에 사병이 지뢰를 해체하려고 하자 중대장이 묻는다.

"지뢰 해체는 해봤지?"

"신병 때 딱 한 번 해봤습니다."

중대장은 만감이 교차하는 표정을 짓더니 사병에게 묵직하게 말한다.

"내가 너를 많이 믿는다."

이때 '믿는다'는 말이 정말 믿어서 하는 말이 아니라는 것은 누구나 알 수 있으리라. 중대장은 단지 그렇게 믿고 싶을 뿐이다.

사병이 지뢰를 해체하려고 하자 중대장의 속마음이 표현된다. '맨손으로 하면 어떻게 하느냐', '그쪽은 특히 조심해라', '살살 해라'라는 등의 말로 계속 주의하라고 한다.

그러자 사병이 투덜댄다.

"저를 많이 믿으신다더니……."

이 경우의 믿음은 믿음이 아니다. '청바지가 잘 어울리는 여자'부터 시작해서 이상 속에서나 나올 법한 여자들을 들먹인 후 마지막에 '난 그런 여자가 좋더라'라고 노래했던 가수 변진섭의 노래 〈희망사항〉처럼 단지 희망사항일 뿐이다.

'믿는다'는 말이 전혀 다른 의미로 사용되는 경우도 있다.

알고 지내는 지인이 투덜댔다. 연구회의 총무를 어쩔수 없이 맡았다고 한다. 그래서 1년간의 활동을 정리해서 보고서를 제출해야 했는데, 그동안 사용한 예산 내역과 영수증을 모으고 정리하는 과정이 무척 복잡해서 많이 힘들었다고 한다.

꽤 오랜 시간을 들여 작업을 마친 후 보고서를 제출하기 위해 회장에게 검토를 요청했단다. 그런데 회장이 '총무님을 믿어요'라고 하면서 그냥 제출하라고 하더란다.

제출하기 전 같이 검토하는 자리라도 있어야 부족한 부분을 보완할 수 있고, 또 그동안의 수고에 대한 위로도 받을 수 있을 텐데 그냥 제출하라고 하니 서운함이 들 수밖에.

"그래도 연구회 이름으로 제출되는 것이니 회장님이

한번 검토해 주셔야죠!"라고 몇 번 제안했다고 한다. 그럼에도 불구하고 회장은 '믿는다'는 말만 계속 하면서 그냥 제출하라고 했단다. 왠지 귀찮은 일에 신경 쓰기 싫어하는 것 같다는 의심이 생기더란다.

이처럼 '믿는다'는 표현이 '난 귀찮으니까 당신이 알아서 해'라는 의미로 쓰이기도 하는가 보다.

This, too, shall pass away

'성공자의 과거는 비참할수록 아름답다'는 말이 있다. 어느 분야에서 성공하기 위해서는 그만큼 힘든 과정을 겪는다는 의미가 이 말 속에 내포되어 있는 것 같다.

힘든 과정을 보낸 후 자신이 지나온 길을 돌아볼 때의 느낌은 어떨까? 게다가 그 과정이 생각하기조차 싫을 만큼 힘들었다면?

〈미스터 트롯〉이라는 TV 프로그램에서였다. 열세 살 된 어린이가 〈보릿고개〉를 부르겠다고 했다. 그런데 공교롭게 심사위원 중에 그 노래의 원곡자가 포함되어 있었다.

보릿고개란 여름작물인 보리가 여물지 않은 상태에서 지난해 가을에 수확한 식량이 다 떨어진, 4~5월의 춘궁기春窮期를 표현하는 말이다. 그 시기에는 풀뿌리와 나무껍질草根木皮, 초근목피 등으로 끼니를 잇고는 했다.

우리나라가 보릿고개에서 벗어난 것은 1960년대 후반, '경제 개발 5개년 계획'이 실시된 이후부터라고 한다.

웬만한 성인들도 경험하지 못했을 이런 보릿고개를 갓 열세 살 된 어린아이가 경험했을 리 만무하다. 그럼에도 불구하고 그 어린이는 성인 가요무대에서 나훈아가 어머니를 생각하며 〈모정의 세월〉을 그립게 부르는 것처럼 〈보릿고개〉를 구성지게 불렀다.

심사위원들은 나이에 걸맞지 않게 트롯을 부르는 어린이가 신기하고 귀여웠는지 모두들 자리에서 일어나 박수치고 웃고 있었다. 그런데 정작 원곡자는 무거운 표정으로 바라만 보다 고개를 좌우로 서너 번 저었다. 그 장면을 보는 순간 그 이유를 생각해봤다.

'경험하지 못한 것을 경험한 것처럼 부르는 것이 불편했나 보다'.

하지만 내 예상은 여지없이 빗나가고 말았다. 잠시 후 원곡자 눈에서 눈물이 주르르 흐르는 것이었다. 그는 당시 배를 곯아가며 힘들게 살아왔던 기억이 떠올라 자신도 모르게 눈물이 나왔다고 한다.

눈물은 눈에만 있는 게 아닌가 보다. 눈물은 아련한 기억 속에도 있고, 저 깊은 마음속에도 있는 듯하다. 눈물은 소리가 없는 슬픔의 언어인가 보다.

간혹 청혼할 때 남자가 여자에게 '앞으로 꽃길만 밟고 살도록 해주겠다'라고 말하기도 한다. 하지만 꽃길만 밟고 사는 삶이 어디 있으랴!

사람들은 누구나 자신만의 어렵고 힘든 시기를 겪는다. 힘들었던 시기를 지난날의 추억으로 떠올리기 위해서는 지금의 삶이 당시보다 나아야겠지만, 현재의 삶이 나아지지 않았더라도 실망하지는 말자. 아직은 흔들리고 있는 중이라고 생각하면 되니까. 도종환 시인이 노래한 것처럼 흔들리지 않고 피는 꽃은 없으니까.

> 흔들리지 않고 피는 꽃이 어디 있으랴
> 이 세상 그 어떤 아름다운 꽃들도
> 다 흔들리며 피었나니
> — 〈흔들리며 피는 꽃〉 中, 도종환

그럼에도 불구하고 지금의 삶이 참을 수 없을 만큼 힘들다면 랜터 윌슨 스미스의 시 제목에 기대어보자.

'This, too, shall pass away'
'이 또한 지나가리라.'

진실한

위
로
는

귀로

다른 이의 이야기를 잘 들어주는 동료가 있다. 그녀는
사람들과 대화할 때 말하는 사람의 두 눈에 자기 시선을
일치시키며 듣는다. 마치 세상에 존재하는 것이 그 말뿐
이라는 것처럼. 그리고 그 사람의 이야기에 공감하면서
고개를 끄덕인다.

대화하는 사람과 시선을 나누는 일은 참으로 소중하

다. 눈을 동그랗게 뜨고 상대를 응시하는 행위는 대화할 때뿐만 아니라 우리 삶에서 꽤 의미 있는 동작이다.

특히 대화하면서 상대를 진지하게 응시하는 것은 '난 당신의 사연에 관심이 있어요', '당신에게 공감할 준비가 되어 있어요'라는 의미일 수도 있다.

누군가에게 집중하고 공감해 주는 것은 말하는 사람에게 큰 위로가 된다. 위로란 잘 익은 언어를 적정한 온도로 전달할 때만 효능을 발휘하는 것이 아니다. 차분히 귀 기울여 주는 것만으로도 큰 위로가 된다.

사람은 자신의 고민을 누군가에게 털어놓지 못하면 견디지 못하는 생물종일지도 모른다. 어떤 비밀일지라도 자신만의 가슴에 품고 있는 것보다는 누군가와 같이 그 무거운 짐을 나누고 싶어 한다.

죽기 전에라도 비밀을 털어놓고 싶어서 대나무 숲으로 달려가 "임금님 귀는 당나귀 귀"라며 목 놓아 외친 복두 장幞頭匠, 두건이나 왕관을 만드는 사람처럼 자신의 비밀을, 사연을 누군가에게 털어놓고 싶어 한다.

사람의 귀가 둘이고 입이 하나인 이유는 입술의 근육을 움직이는 것보다 고막을 더 많이 진동시키라는 하늘의 뜻이라고들 하지만, 귀를 여는 것보다 입을 열고 싶어 하는 것이 우리네 심성인지도 모른다.

지인들과의 술자리에서 위로에 대한 이야기가 술안주로 나온 적이 있다. 지인 한 사람이 자신의 경험을 씁쓸한 표정으로 털어놓았다. 그가 한 이야기를 각색해본다.

딸이 남자 친구와 헤어져서 너무 슬퍼했다. 내가 알고 있는, 사랑에 대한 경험과 지식을 총동원해 딸을 위로해주었다.

'세상에 남자는 많다',

'좋은 사람을 곧 다시 만나게 될 거다',

'사람에게 받은 상처는 사람으로 치유된다',

'열심히 살다 보면 그 아픔은 곧 잊혀질 거다'

내 말을 들은 딸은 표정이 펴졌고 고개를 끄덕였다. 그리고 웃었다. 위로가 된 것 같았다. 아빠 역할을 할 수 있어서 다행이다. 내 자신이 자랑스럽고 뿌듯했다.

그런데 다음 날 아내가 말했다. 딸이 새벽까지 잠 못 이루고 눈물을 흘렸다고.

그제야 알게 됐다. 내가 해준 위로가 딸에게 별 도움이 되지 않았다는 사실을.

지인의 이야기를 들으면서 한여름 먹구름 사이에서 번개가 번쩍이는 것처럼 깨달은 것이 있었다. 위로하려고 애쓴다고 위로되는 것이 아니라는 사실을. 진실한 위로는 그 사람의 이야기를 잘 들어주고 공감해주는 것이지, 어설픈 조언을 건네는 것이 아니라는 것을.

어쩌면 아프고 힘든 사람도 자신의 문제를 해결하는 방법을 알고 있을지 모른다. 하지만 그 전에 마음에 생긴 생채기가 아물 수 있도록 자신의 상처를 이해받고 공감받기를 원하는 것일지 모른다. 몸에 생긴 상처가 아물어야 몸을 제대로 움직일 수 있는 것처럼.

아픈 사람에게 필요한 것은 어설픈 위로보다 눈물을 흘릴 때 휴지를 건네주거나, 그 사람에게 눈을 집중하고 그의 이야기에 고개를 끄덕이면서 '나는 지금 당신에게

공감하고 있다'는 사실을 느끼게 해 주는, 그런 행동인지
도 모른다.

'위로는 헤아림이라는 땅 위에 피는 꽃'이라며 잔잔하
게 읊조린 어느 작가의 말이 떠오른다.

말로
천 냥 빚
갚는다지만

결혼기념일에 아내와 〈보헤미안 랩소디〉라는 음악 영
화를 봤다. 당시 입소문을 통해 선풍적인 인기를 끌고 있
었다.

영화가 끝난 후 저녁 식사를 위해 영화관 근처의 레스
토랑으로 갔다. 아내가 가끔 가는 곳이었고, 나도 두어
번 같이 가 본 적이 있었다.

풀잎과 바람

주말 저녁 시간이라 그런지 손님이 많아 번호표를 받아 대기한 후에야 자리를 잡았다. 고르곤졸라 피자와 해산물파스타를 시킨 다음, 프레디 머큐리의 가창력과 무대 장악력 등에 관해 이야기꽃을 피우면서 음식을 기다렸다.

많은 손님으로 인해 평소보다 음식이 늦어졌다. 한참을 기다린 후에야 피자가 먼저 나왔다. 허기진 치타가 먹이를 향해 돌진하듯 본능적으로 피자를 집으려 하자 아내가 말렸다.

"이 피자는 해산물 파스타와 같이 먹는 게 제맛이니까 조금만 더 기다려요. 해산물 파스타는 피자보다 조금 늦게 나오더라고요!"

아내의 말에 어쩔 수 없이 조금 더 참고 기다렸지만 록 사운드의 로커들이 토해내는 고음처럼 떼창을 해대는 소화기관의 아우성을 더는 외면할 수 없었다.

"시장하니까 피자를 먼저 먹자고. 먹다보면 곧 나올 거 아냐."

공범을 만들어 죄의식을 덜어보고자 하는 용의자처럼

아내에게도 같이 먹자고 권하면서 피자 한 조각을 입안
으로 흡입했다.

아내도 조금 주저하더니 곧 피자 한 조각을 집어 들었
다.

한 조각, 두 조각······.

피자가 맛있느니, 오늘따라 손님이 엄청 많다느니 하
면서 우리는 집중하려 했지만 시선은 계속 주방 쪽을 향
하고 있었다. 하지만 전쟁에 나간 군인의 답장처럼 파스
타는 감감무소식이었다.

피자를 삼분의 이 이상을 먹었는데도 파스타가 나오지
않았다. 종업원을 호출해서 파스타의 행방을 캐물었다.
종업원은 사건을 접수한 탐정처럼 부리나케 주방으로 달
려갔지만, 잠시 후 돌아와서는 엄마가 아끼는 꽃병을 깨
뜨린 아이처럼 어쩔 줄 몰라 했다.

"손님, 죄송합니다. 주방에 파스타 주문이 전달되지 않
았던 것 같습니다. 지금 만들어서 제일 먼저 가져다 드리
겠습니다. 정말 죄송합니다!"

종업원은 이 말을 하고 돌아갔다. 어이가 없었다. 파스타가 나오려면 최소 십 분 이상을 더 기다려야 했다. 게다가 뭔가 편치 않았다. 왜 그럴까 궁금해하는데, 돌연 며칠 전 일이 뭉게구름처럼 솟아올랐다.

아들과 함께 김치찌개 전문점에 갔다. 물을 마셨는데 물맛이 이상했다. 종업원을 불러 상황을 설명하고 물통을 바꿔달라고 했다. 물통을 바꿨음에도 바꾼 물맛 역시 이상했다. 아들은 종업원에게 물통을 다시 바꿔달라고 했다. 다행히 새로 가져온 물은 문제가 없었다.

이 광경을 지켜보던 옆 테이블의 젊은 남자가 같이 온 일행에게 말했다.

"거봐, 내 말이 맞잖아! 물맛이 이상하다니까!"

그러면서 자기 테이블의 물도 바꾸어 달라고 했다.

아들과 이런 저런 이야기를 하며 찌개가 끓기를 기다리고 있는데, 종업원이 우리 테이블과 옆 테이블에 만두를 두 개씩 가져다 놓았다. '이게 웬 만두지?' 가끔 이 집에 와서 김치찌개를 시켜먹곤 하는데 만두가 나온 적은 처음이었다.

"너무 죄송해서 서비스로 만두를 가져왔습니다."

종업원은 공손하게 머리를 조아리며 사과했다.

전혀 예상치 못한 음식점의 서비스 덕분에 물맛에 대해 불편했던 생각은 사라지고 기분 좋게 식사할 수 있었다.

이 기억이 홀로그램처럼 눈앞에 펼쳐지면서 레스토랑의 대응법과 오버랩 됐다. 그 음식점과 달리 이 레스토랑에서는 자신들의 실수를 '미안하다'는 말로만 끝내려한 것이다.

실수에 대한 반성에는 책임 있는 행동이 필요하다. 피해자가 상대방의 진심을 느낄 수 있는 행동이 뒤따라야한다. 물을 쏟아 그 물이 다른 사람의 옷에 튀었을 때 '미안하다'는 말과 함께 자기 손수건을 꺼내어 옷에 묻은 물을 함께 닦는 것과 같은 작은 행동이 그런 것이다.

말로만 '미안하다'면서 끝내면 상대방은 그 피해를 고스란히 떠안게 된다. 이 식당에서는 파스타를 기다리는 동안 야채 같은 간단한 서비스를 제공함으로써 미안함을 표시해야 했다.

우리는 생활하면서 말로만 사태를 마무리하려는 경우를 종종 경험하곤 한다. 그럴 때 주고받는 대화가 있다.

"미안해!"
"말로만?"

'말로 천 냥 빚 갚는다'라고 하지만 '미안하다'라는 말에는 책임 있는 행동이 뒤따라야 한다.

[부언]

어쩌면 '책임 있는 행동' 운운하는 것은 배부른 소리일지도 모른다. '미안해'라는 말을 먼저 꺼내면 인생의 패배자라도 된다는 듯, '미안하다'라는 말조차 하지 않는 사회가 되어버린 것 같아서.

천 원에

세 개

　대기업에서 제법 잘나가던 친구 A가 40대 후반에 퇴사
했다. 녀석은 직장에서 나온 후 일거리를 찾기 위해 이것
저것 알아보다 아는 선배와 일하기도 했고, 동생과 연탄
불고기 집을 운영하기도 했다. 하지만 오래 지속하지 못
한 것을 보니 별로 재미를 보지 못한 것 같다.

　오랫동안 보지 못했던 그 녀석이 밑도 끝도 없이 생각

났다. 핸드폰에서 녀석의 이름을 검색해서 통화 버튼을 꾹 눌렀다.

"오랜만이다. 살아있냐?"

"그래 살아있다. 사는 게 뭔지 만나기도 힘드네!"

"요즘은 어떻게 지내니? 연탄불고기 집 아직도 운영하니?"

"언제 적 이야기를 해. 그거 그만둔 지 언젠데……."

"그래? 그럼 지금은 뭐하는데?"

"일산에서 국밥집 하고 있어. 벌써 3년째야."

"국밥집? 요즘 최저임금제 때문에 가게 운영하기 힘들다는 데 좀 어떠냐?"

"말도 마라, 죽지 못해 산다."

"4대 거짓말 중의 하나가 장사꾼이 밑지고 판다는 말이라는데, 너도 딱 그 짝 아니냐? 삼 년이나 하고 있다는 건 제법 장사가 된다는 말이잖아"

"글쎄, 하여튼 억지로 꾸려나가고 있다. 종업원은 줄이고, 사람 많은 점심때는 집사람이 나와서 같이 해."

대충 이런 내용이었다.

다음 날 농수산물 시장에서 도매상을 하는 친구와 통

화하면서 A의 이야기를 하게 됐다.

"어제 오랜만에 A랑 통화했는데 일산에서 국밥집을 하고 있다는구나!"

"나도 이야기 들었어. 몇 년 되었다는데!"

"글쎄 말이야, 벌써 삼 년째라네!"

"국밥집은 덩어리가 작아서 이문도 작을 텐데 왜 그런 걸 한다니? 덩어리가 큰 걸 해야지."

"……"

녀석의 마지막 말에 뭔지 모를 묘한 느낌을 받았다. 오랫동안 규모가 큰 도매업을 해온 친구라 일반 음식점은 규모가 작다고 느낀 것 같다.

녀석의 이야기를 듣는 순간 며칠 전 일이 영화의 한 장면처럼 떠올랐다.

분당 야탑역 근처에서 아들과 술 한 잔 하고 당구장으로 향하던 중이었다. 아들이 길거리에서 붕어빵 파는 포장마차를 발견했다. "아버지, 붕어빵 드실래요? 갑자기 단 것이 땅기는데요!"

아들의 말에 고개를 돌려 붕어빵 파는 수레를 보았다.

푯말이 걸려 있었다.

'1,000원에 3개'

저녁을 먹고 나온 직후라 천 원어치만 샀다. 아들이 건네준 붕어빵을 먹으려는 순간 차가운 바람이 걸쳐 입은 외투 사이로 스며들듯 갑자기 이런 생각이 뇌리를 스쳤다.

'천 원에 세 개면 도대체 얼마나 벌 수 있을까?'

포장마차를 다시 바라봤다. 포장마차 사장님은 고급 호텔에서 카이세키 요리일본의 코스 요리로 호사스런 잔치요리를 위해 일류 셰프가 도미를 조리 기구에 담는 것처럼 진지하게 밀가루 반죽을 짜서 기계틀에 넣고 있었다.

그 장면을 보면서 인건비며, 만드는 기계 값이며, 빵의 재료비 등을 생각해보았지만 아무리 생각해봐도 타산이 맞을 것 같지 않았다.

'천 원에 세 개라', '천 원에 세 개라'

좁은 우리 안에 갇힌 강아지가 제자리에서 뱅글뱅글 돌듯 머릿속에 계속 이 말이 맴돌았던 기억이 되살아났다.

도매상을 하는 친구가 붕어빵 장사하는 사람을 보면

어떻게 생각할까? 국밥집을 하는 친구에게도 덩어리가 작다며 걱정하는 녀석인데!

　사람들이 살아가는 방법은 참으로 다양하다. 직업의 종류만 해도 만 가지가 넘는다고 한다. 그 많은 직업 속에서 각자 자신의 상황에 맞는 방법으로 살아간다.
　어떤 이는 여유 있는 삶을 살기도 하지만, 또 어떤 이는 '살아가기 위해서'라기보다 '살아남기 위해서' 몸부림 치기도 한다. 게다가 알 수 없는 미래를 향해 걸어가면서 삶의 수렁에 빠진 이들을 나는 수없이 봐 왔다.
　그럼에도 불구하고 천 원에 세 개짜리 붕어빵은 안타까움과 함께 많은 것들을 생각하게 한다.

　도매상을 하는 친구는 알고나 있을까? 친구 A나 붕어빵을 파는 사장님도 이문이 큰 장사를 하고 싶어 한다는 것을.

〈세노야〉라는 시와 노래가 있다.

> 세노야 세노야
>
> 산과 바다에 우리가 살고
>
> 산과 바다에 우리가 가네
>
> (후략)

이 시와 노래를 생각하면 여러 가지 점에서 가슴이 아려온다.

먼저 노래의 음조가 구슬퍼서 마음이 아리다.

노래를 듣노라면 처연함이 뚝뚝 떨어진다. 음률이 우리 민족의 한이 서려있는 것처럼 구슬프다. 그래서인지 오래 전부터 많은 이들의 가슴을 촉촉이 적셔준다.

또 한 가지는 이 시를 만든 시인 때문에 가슴이 아려온다.

우리나라가 배출한 걸출한 시인으로, 한때 노벨문학상 후보로까지 거론되던 시인. 고은.

〈세노야〉 뿐 아니라 주옥같은 많은 시를 작시하여 우리 문학을 풍부하게 하고 많은 이들에게 감동을 주었던 이다.

그런 그가 미투 운동의 주요한 대상으로 지목되었다. 비록 본인이 부정하고 있지만 이미 많은 이들의 가슴에 상처를 주고 말았다.

그 이후 그의 시를 이야기할 때 시인의 이름을 거명하는 것조차 삼가게 되었다. 앞서 언급한 '그 꽃', '비로소'라는 시도 그의 작품이다. 그 아름다운 시가, 그 고운 말글이 본질과 달리 아픈 이미지를 떠올리게 할 것 같은 두려움 때문에.

마지막은 '세노야'라는 소리의 논란 때문에 마음이 아리다.

뱃사람들이 멸치잡이를 할 때 부르는 흥겨운 앞소리 '세노야'는 일제 강점기에 일본 어부들이 우리나라 남해에서 멸치잡이를 할 때 그물을 당기면서 부르던 '어로요'의 후렴구라는 설이 있다. 그러면서 남의 나라 민요인그것도 침략국의 노래인 '세노야'를 부르게 된 것이 가슴 아픈일이라고 말하는 이도 있다.

하지만 시인은 '세노야'를 일본어로 단정하는 것을 주저한다. 어릴 적 들어왔던 그물질 소리가 생각나 그것으로 시를 지었을 뿐인데, 그것이 '우리말이냐 일본말이냐'라는 논란이 인다는 자체가 시를 그린 시인으로서는 받아들이기 어려운 아픔일 것이다.[*]

....

[*] 그는 남해 일대의 언어는 당대의 시각으로 '한국어다', '일본어다'하고 분별하기 어렵다고 했다. 오히려 고대 한국어가 일본어의 기원이라는 것을 절대 조건으로 전제한다고 했다. 그래서 남해의 한국 쪽이나 그 건너 일본 쪽에서 아주 오랫동안 해상언어를 공동 사용했을 것이라고 피력한다.

누구의 말이 옳은지를 떠나 오래전부터 사람들의 가슴을 울려오던 곡이 논란에 싸인 것 자체가 마음을 아리게 한다.

지금 이 순간에도 그 시와 멜로디가 머리와 입에 맴돈다. 그러면서 바란다. 이런 여러 가지 가슴 아림에도 불구하고 〈세노야〉라는 시와 노래가 앞으로도 많은 이들의 마음을 달래주고 위로해줄 수 있기를.

경상도 민요 〈뱃노래〉이다.

> 에야누 야누야 에야누 야누 어기여차 뱃놀이 가잔다
> 부딪치는 파도 소리 잠을 깨우니
> 들려오는 노 소리 처량도 하구나
> 에야누 야누야 에야누 야누 어기여차 뱃놀이 가잔다.

이 민요에 나오는 '에야누 야누야' 역시 일본 '뱃노래'에서 나왔다
고 한다. 그러면서 이런 노래들이 질곡의 역사가 반영된 민족의
노래가 될 수 있다는 의견 또한 만만치 않다.
'어느 쪽 손을 들어줘야 할지'를 고민해야 하는지, 그 자체가 고민
이다.

관
심
이

지
나
치
면

오래 전 〈왕건〉이라는 드라마에서 궁예의 관심법觀心
法을 봤던 기억이 난다. 관심법觀心法은 상대의 몸가짐이
나 얼굴 표정 따위로 그 사람의 속마음을 알아내는 기술
이다. 궁예는 관심법으로 역심 품은 자를 알아낼 수 있
다며 수많은 부하들을 죽였고, 심지어 부인과 두 아들
도 죽였다.

상대방의 마음을 볼 수 있다면 얼마나 좋을까? 특히 남녀 사이에서 상대방이 나에게 호감인지 비호감인지를 알수 있다면 인류의 역사는 다르게 변했을 것이라고 강하게 주장하는 이도 있다.

누군가 나에게 관심을 갖고 있다는 걸 알게 되면 신경이 쓰인다. 관심을 보이는 이가 내 마음에 드는 상대라면 금상첨화錦上添花지만, 싫어하는 상대라면 마음이 불편해진다. 또 좋아하는 상대일지라도 내 일거수일투족에 너무 관심을 보인다면 그 또한 부담이 된다.

한참 어린 후배가 술자리에서 고민을 털어놓았다. 부서의 직속 부장이 자기에게 잘 대해주는데 그 정도가 지나치다는 것이다. 녀석은 총각이고 그 부장은 소위, '골드 미스'라고 한다.

사실 후배 녀석은 단정하고 깔끔해서 여자들에게 호감받을 스타일이다. 남자인 내가 보기에도 괜찮다는 느낌이 들 정도였으니 그 부장의 심정도 헤아릴 수 있었다.

하지만 후배는 점점 부담스러워지는 부장의 관심 때문

에 자리에 앉아 있기 불편할 정도라고 했다. 자기 느낌에 부장이 자기를 이성으로 대하는 것 같다고 했다.

그래서 부장을 멀리하기 위해 부장과 대화할 때 사무적으로 딱딱하게 대했는데, 그것이 다른 부원들에게 오해를 유발했다고 한다.

"○○ 씨는 부장님께 왜 그리 불손하게 대하세요? 너무 예의가 없는 것 아니에요?"

그런 소리를 들었지만 부장의 프라이버시를 생각해서 사정을 다 말할 수도 없었다고 한다.

관심이 지나치면 집착이 된다. 집착은 욕심이다. 특히 이성에 대한 집착은 소유욕에서 비롯된다.

상대방을 좋아하는 감정, 흔히 말하는 '썸'이 시작되는 순간은 확신과 의심 사이에 힘겨루기가 이루어진다. 그러면서 확신이 밀물이 되고 의심이 썰물이 되는 순간 사랑이 시작된다. 그러다 확신이 집채만 한 해일로 발전하는 경우 상대방을 소유한 것 같이 느껴지는가 보다.

사랑은 소유하는 것이 아니다. 다만 그 사람의 옆에 있는 것이다. 상대방이 자신의 옆자리를 빌려준 것이라는 점을 잊지 말자.

가졌다는, 소유했다는 오관에서 탈출해야 그 사람을
있는 그대로 바라볼 수 있지 않을까?

상대에게 부담으로 느껴지는 관심은 또 하나의 폭력
이다.

나는 항상 옳고

당
신
은

항상 틀리다

교직에 있는 후배와의 자리에서이다. 녀석이 내게 히죽거리며 말했다.

"선배, 가끔 술자리에서 기성세대들이 꼰대짓한다고 불평하는 교사가 우리 학교에 있는데, 그 친구는 또래보다 십 년 늦게 임용됐거든."

"그런데? 그게 뭐가 재미있다고 히죽거리시나?"

"아~, 그 친구가 저 경력 교사 모임에 가면 자기와 같

이 발령받은, 십 년 연하의 교사가 자기에게 꼰대라고 한
다면서 투덜대더라니까."

국립국어원의 표준국어대사전에는 꼰대를 '은어로, 늙
은이를 이르는 말', '학생들의 은어로, 선생님을 이르는
말'이라고 되어 있다.

그런데 요즘은 그 의미가 사뭇 다르게 사용되는 것 같다.

기성세대가 자신의 경험을 일반화해서 젊은 사람에게
어떤 생각이나 행동 방식 따위를 일방적으로 강요하는
사람을 '꼰대'라고 한다. 또 나이와 관계없이 자신의 경험
을 일반화해서 남을 가르치려는 것을 '꼰대스럽다'라고
표현한다. 심지어 2019년 9월 25일에는 영국 BBC방송국
에서 오늘의 단어로 'KKONDAE꼰대'를 선정하여

An Older Person Who Believes

They Are Always Right

자신이 항상 옳다고 믿는 나이 많은 사람

(And You Are Always Wrong)

(상대방은 늘 틀리다고 하면서)

이라고 설명할 만큼 꼰대라는 말이 세계화되고 있을

정도이다.

　요즘 젊은이들은 자신보다 나이가 많은, 또는 직장 상사들과 대화하면서 다음과 같은 말을 가장 듣기 싫어한다고 한다.
　'나 때는 말이야',
　'내가 당신 위치였을 때는 말이야'
　시대가 변한 것을 감안하지 않는다면서 입술을 삐로통 내밀며 투덜댄다. 그 말 속에는
　'나도 그렇게 했는데 뭘 그래?',
　'넌 그래도 편한 줄 알아!',
　'그냥 하라는 대로 해'
　라는 의미를 보이지 않게 강요한다고 생각한다. 아니 어쩌면 노골적으로.

　후배들의 말처럼 가래떡을 만들 때 떡을 쭈욱 밀어내듯 선배들이 자기 생각과 경험을 강요하는 경우도 있겠지만, 먼저 경험한 선배의 노하우를 알려주는 것도 꼰대 질로 치부되어 난감할 때도 있다.
　그럴 때는 고민된다.

'어떻게 해야 하나? 알려줘야 하나? 아니면 시행착오를 거치든 말든 알아서 하라고 두어야 하나?'

딜레마Dilemma이다.

그러면서 곰곰 생각해본다.

후배가 말한 그 교사는 십 년 연하의 교사에게 어떻게 말했을까? 기성세대를 꼰대라고 말하는 사람이니 만큼 자기 생각을 십 년 연하의 교사에게 강요하지는 않았을 텐데.

그럼에도 불구하고 자기 생각을 이야기한, 나이 많은 사람이라는 이유로 꼰대라는 소리를 들었을까, 아니면 정말 꼰대 같은 짓을 해서 꼰대라는 소리를 들었을까?

아, 나는 잘 모르겠다. 하지만 그게 궁금하기는 하다.

[부언]

서유석 씨가 나이 일흔에 작사/작곡한 '너 늙어봤냐, 나는 젊어봤단다.'라는 노래도 '꼰대 노래'라는 소리를 들을까, 그것도 역시 궁금하다.

한 해가 마무리되는 12월의 어느 날, 지구 온난화 현
상의 영향인지 도무지 겨울 같지 않은 따뜻한 날이었다.
한 해의 업무를 마무리하고 동료들과 단체로 식사하러
갔다. 식당의 테이블 좌석이 모두 손님으로 꽉 차 있어서
바닥에 앉는 자리에 앉게 됐다.

다른 업무를 마무리하느라 일행보다 조금 늦게 도착했

더니 벽에 기댈 수 있는 안쪽에 자리를 남겨줘서 그곳에 앉았다.

옆자리에는 젊은 후배 둘이 나란히 앉아 있었고, 정년을 앞둔 선배가 앞자리에 앉아 있었다. 보통 연배가 높은 어른들이 편하게 기대고 앉을 수 있도록 벽 쪽에 앉게 하고, 상대적으로 젊은 사람들은 반대쪽에 앉는 것이 관례인데 반대로 앉아 있어서 조금 어색했다.

최근에 있었던 일련의 행사와 어떻게 지나갔는지 모를 만큼 정신없었던 일들로 이야기꽃을 피웠다. 식사가 끝나갈 무렵 옆에 앉아 있는 젊은 후배에게 조용히 그리고 조심스레 물었다.

"어떻게 이쪽에 앉게 됐어요? 보통 연배 있으신 선배님들을 안쪽에 앉게 해드리는데."

"네?"

내 말이 생뚱맞게 들렸는지 후배는 그 말의 의미를 모르겠다는 듯 두 눈을 동그랗게 뜨고 바라보았다. 그러자 앞자리에 앉아 있던 선배가 성격이 털털한 이웃 아주머니처럼 편안하게 웃으며 말했다.

"제가 들어오니까 젊은 분들이 먼저 그 자리에 앉아 있더라고요. 그래서 제가 이 자리에 앉게 됐어요. 우리가 젊었을 때는 나이 많은 분을 안쪽에 앉게 해드렸는데……. 말하기 뭐해서 그냥 있었는데 대신 말씀해주시네요."

젊은이들은 무슨 말인지 몰라 아닌 밤에 홍두깨를 본 듯 당황해했다.

괜히 꼰대짓 한다는 오해를 받을까 염려되어 그냥 넘어갈까 하고 잠시 망설였다. 하지만 아직 사회 경험이 일천한 후배들이라 잘 모르는 것 같았다. 알려는 준 후 그들이 선택할 수 있도록 하는 것이 후배들을 위하는 것이라 생각했다. 그래서 조심스럽게 설명해주었다.

"벽 쪽에 앉으면 등을 기댈 수 있잖아요. 그래서 보통 상대적으로 지위가 높은 분들이나 나이가 많은 분들을 그쪽에 앉도록 배려해드리곤 해요. 상대적으로 젊은 분들은 반대쪽이나 문 쪽에 앉고요."

그러자 앞자리에 있는 선배가 보충 설명해 주었다.

"부모님들을 모시고 식당에 갔을 때도 마찬가지예요. 부모님들을 벽 쪽에 앉게 해드리고 자식들은 반대쪽에 앉는 거죠."

젊은이들은 그제야 이해되었는지 어린아이가 엄마의 설명에 천진난만하게 끄덕이는 것처럼 고개를 끄덕였다. 잘 몰랐던 것 같았다. 기분 상하지 않도록 마무리했다.

"잘 모르셨던 거 같아서 알려드리는 거예요."

최대한 조심한다고 신경 썼음에도 '나이 든 사람이 젊은 사람에게 대접받기 위해 헐거운 논리를 펼친다'라는 오해를 받게 되는 건 아닌지, 염려 아닌 염려가 피어올랐다.

젊은 사람들이 마음으로 이해했는지 아니면 '꼰대짓' 한다고 생각하면서도 분위기상 어쩔 수 없이 이해하는 척했는지는 알 수 없다. 다만 전자이길 바랄 뿐이다.

그렇게 알려주었음에도 자기가 편한 쪽에 앉겠다고 하면 그건 어쩔 수 없다. 본인의 선택이니까. 그런 것은 강요할 수 있는 것이 아니라 서로의 배려에 의해서 자연스레 만들어지는 것이니까. 하지만 몰라서 그렇게 했다면 그건 선배들의 책임일 수 있다.

물론 그런 배려를, 또는 관습을 알려주면 나이대접 받으려 하는 '꼰대'라고 생각할지도 모른다. 그렇다고 그런 비난이 두려워 아무 말도 하지 않는다면 후배들에게 판단하고 선택할 수 있는 기회 자체를 주지 않는 것일 수도 있다.

오해를 받더라도 알려는 주는 것, 그건 인생의 선배들이, 또 사회의 선배들이 짊어져야 할 몫이 아닐까?

알려줄 건 알려준 후 스스로 선택할 수 있도록 하는 것이 후배에 대한 배려일 수도 있다. 몰라서 못 하는 것과, 알면서 안 하는 것은 분명 다르니까.

혼인하여   여
                자
                의
                짝
                이
                된   남자

남편男便,

누구나 아는 단어이지만 표준국어대사전에는 어떻게
정의되어 있는지 찾아보았다. '역시나'였다. 누구나 알고
있는 뜻으로 기록되어 있었다. '혼인하여 여자의 짝이 된
남자'라고.

결혼한 여자들 중 남편 때문에 속상해하는 아내들이

많은가 보다. 어쩌면 전부일지도 모르겠다. 오죽하면 TV 광고에 남편은 '남의 편'이라는 문구가 나올 정도일까?

남편이라는 단어를 알아보기 위해 인터넷을 검색하다 보니 아내들의 불만 섞인 글들이 무지하게, 정말 무지하게 많이 올라와 있었다. 그중에서 한두 가지 예를 들자면 다음과 같다.

아내가 무엇을 부탁하면 남편은 '알겠다'고 대답만 하더란다. 그래서 참다 못해 자신이 해버리면 '내가 하려고 했는데……'라고 뒷북쳐서 싸운다고 한다.

또 남편은 '전쟁용품'이고 아내는 '가정용품'이라면서 남편은 전쟁할 때만 필요하다고 한다.

이런 이야기들이 바닷가의 모래알처럼, 아니 지리산에서 바라보는 밤하늘의 별들처럼 헤아릴 수도 없이 많다. 한도 끝도 없다.

지인들과 저녁 식사 하는 자리에서 후배 녀석이 '아내를 이해하지 못하겠다'며 투덜댔다. 사연인즉 이렇다.

후배 아내가 이웃집 여자와 다툼이 일어났는데 다툼의

정도가 심해서 아파트 복도에서 몸싸움이 있을 정도였다고 한다. 녀석이 자초지종을 들어보니 자기 아내의 잘못이 더 큰 것 같더란다. 그래서 논리적이고 객관적으로 설명하면서 아내를 진정시키고 말렸다고 한다.

그런데 집에 들어와서 폭포수처럼 퍼부어대는 아내의 타박에 자신의 마음이 만신창이가 되었다고 한다. 아내가 말하기를 '남편이라면 일의 자초지종을 떠나서 일단은 자기 편을 들어줘야지 왜 거기서 남의 편을 들어주냐'며 자기에게 계속 퍼부어댔다고 한다.

"그래서 뭐라 그랬는데?"

"뭐라 그러긴요. 냉정하게 생각하면 그 사람 잘못이 더 큰 걸요. 그래서 자초지종을 설명하다 결국 대판 부부싸움이 벌어지고 말았어요."

'제 사정을 들었으니 이제 형식적인 위로라도 해주세요'라고 요구하는 것처럼 투덜대며 술잔을 비우는 녀석을 한참 바라보았다.

녀석의 말을 들으면서 여러 장르가 뒤죽박죽 엉킨 영화를 관람한 후 영화평을 해야 하는 것같이 난감했다. 치

열한 논리적 전개가 펼쳐지는 법정물로 평해야 할지, 가족 간의 애환을 그린 가족물로 평해야 할지.

그럴 때는 일단 아내 편을 들어주고 나중에 아내의 화가 가라앉은 다음 자초지종을 설명했으면 더 좋았을 텐데! 논리를 앞세우다 아내에게 상처를 주고 만 것이다.

제수씨가 많이 서운했을 거라는 생각이 분수에서 물이 뿜어져 나오는 것처럼 마음속에서부터 솟아나왔다.

제수씨는 남편을 '남의 편'으로 생각했겠구나!

죄 없는 자가

먼
저

돌로 치라

'아! 실수했네!'

문서작업을 하다 Del 키를 잘못 눌러 작업하던 일부분이 삭제됐다. 어떻게 하면 좋을까?

아주 간단하다. 'Ctrl+z' 또는 ⤺ 키를 누르면 지워진 부분이 저절로 복원된다. 만약 되돌리기 기능이 없다면?

음~, 생각하기도 싫다.

문서작업을 할 때마다 '되돌리기' 기능에 감탄하곤 한다. 실수를 되돌릴 수 있도록 만든 기능은 사람에 대한 가장 큰 배려이며 획기적인 아이디어인 것 같다.

일상에서도 실수를 되돌릴 수 있다면 얼마나 좋을까?

우리는 누구나 실수를 한다. 무심코 한 실수도 있고, 잘 몰라서 한 실수도 있다. 실수를 한 후 나타내는 반응은 사람들이 걸쳐 입는 옷의 종류만큼이나 다양하다.

보통은 실수에 대해 변명하지만 오히려 담백하게 실수를 인정해버리는 것이 더 나은 해결책이 될 수도 있다.

"아~! 미안! 그건 내가 잘못했네!"

"그 부분은 제가 잘 모르고 했습니다. 고치도록 하겠습니다."

어떤 실수나 잘못이 의도적인 것이 아니라면, 그것에 대해 비난하지 않는 것이 좋다. 물론 다람쥐가 쳇바퀴를 돌듯 같은 실수를 여러 번 반복한다면 그건 그 사람 역량의 문제이다. 하지만 잘 모르고 한 실수에 대해서는 어찌하겠는가? 이미 지나가 버린 일을. 엎질러진 물을 다시 주위 담을 수 없는 것과 같은 이치이다.

친구 녀석이 같이 근무하는 동료로부터 다음과 같은 말을 들었다며 깁스를 한 것처럼 목에 힘이 잔뜩 들어간 상태로 자랑스레 말했다.

동료 : 저는 부장님이 자존감 높은 분이라고 생각하고 있어요!

친구 : 네? 무슨 말씀이세요?

동료 : 부장님은 무슨 일을 하다 잘못된 부분에 대해 누가 지적하면 바로 인정하시더라고요. 쉽지 않은 일인데!

친구 : 그거 당연한 거 아닌가요? 잘못된 부분을 인정하는 게?

동료 : 그렇지 않아요. 저는 살아오면서 잘못된 부분을 지적 받을 때 변명하지 않고 부장님처럼 그 자리에서 바로 인정하는 분을 처음 봐요! 보통은 변명하거나 자신이 잘못했다는 말을 하지 않거든요.
　　제 생각에 부장님은 스스로에게 자신 있기 때문에 잘못한 것에 대해서도 당당히 인정하시는

것 같아요. 그래서 저는 부장님이 자존감이 높은 분이라 생각해요!

친구 : 좋은 뜻으로 말씀하시는 거죠?

동료 : 당연하죠!

그 동료는 친구의 그런 행동을 자존감이라고 생각하는가 보다.

그러면서 녀석은 반복되는 실수가 아니라면 상대방의 실수에 대해서도 질책하지 않는다고 한다. 직원이 업무상 실수해서 사과하면 다음과 같이 말한다고 한다.

"괜찮습니다. 저도 늘 실수하는 걸요. 일부러 그러신 것이 아니니 다음번에 틀리지 않게 하시면 됩니다."

'내로남불'

'내가 하면 로맨스, 남이 하면 불륜'이란 말이 있다. 우리는 여기저기서 자신의 잘못은 무시하고 상대방의 잘못만 크게 부각시키는 경우를 흔히 본다. 가끔 국회 청문회에서 다른 사람의 잘못을 지적하는 국회의원들을 볼 때마다 스쳐 지나는 생각이 있다. '저 의원들은 그렇게 큰소리 칠 만큼 잘하고 있나?'그렇다고 잘못된 것을 그냥 넘어가자는 의미는 아니다.

다른 이를 정죄定罪하는 것에 대한 놀라운 대처법이 기독교 성경에 나온다.

서기관들과 바리새인들이 음행 중에 잡힌 여자를 예수에게 끌고 왔다. 그리고 예수에게 '모세 율법에 이러한 여자를 돌로 치라고 되어 있는데 어떻게 해야겠냐?'고 물었다.

그 질문은 앞에는 천 길 낭떠러지요 뒤에는 사나운 호랑이가 있을 때 어느 방향을 선택해도 살기 어려운 것처럼 예수가 어떤 답을 내려도 곤경에 처할 수밖에 없는 질문이었다.

만일 예수가 '돌로 치는 것을 반대한다'라고 말하면 모세의 율법을 어겼다고 고소할 것이고, 반대로 '돌로 쳐 죽이라'고 한다면 예수가 평소에 말하던 '죄인을 사랑하라'라는 말에 위배되기 때문이다.

그때 예수의 입에서 나온 말은 신경망과 근육을 타고 오면서 솜털을 빳빳하게 일으켜 세울 정도로 전율을 느끼게 한다.

"너희 중에 죄 없는 자가 먼저 돌로 치라"

　성경에는 예수의 이 말에 모였던 군중들이 양심의 가책을 느껴 모두 돌아갔다고 되어 있다. 하지만 양심의 가책이라기보다는 자신이 나섰을 때 예수가 자신의 죄를 말할지도 모른다는 두려움 때문일 수도 있다.

　다른 사람의 실수를 비판하고 싶을 때는 차들이 씽씽 달리는 도로를 건널 때 조심, 또 조심하듯 신중하게 이 말을 한번 더 떠올려보자.
　"너희 중에 죄 없는 자가 먼저 돌로 치라"

[부언]

'책기서인責己恕人'
어느 벽에 이런 문구가 걸려 있는 것을 본 적이 있다.

책기責己 자기를 꾸짖고,
서인恕人 다른 이를 용서하라.

혹시
나
도
모
르
는
사
이
에
?

'비중격 만곡증'이라는 코 질환이 있다. 코를 양쪽으로 나누는 구조인 뼈비중격가 휘어져, 코 막힘 증상이 나타나는 것이다. 수술을 통해 휘어진 뼈를 절제하거나, 적절한 교정술을 통해서 휘어진 부위를 바로잡는다.

이 수술을 세 번이나 받았다.

20대 후반에 첫 번째 수술을 받았다. 당시 코 수술을 받기 위해 병원에 일주일간 입원했고, 수술이 끝난 후 입원한 상태에서 진료하러 다녔다.

진료 받기 위해 대기하던 첫날 다소 어색한 상황을 목격했다. 백발이 성성한 할머니가 진료 받는 중이었다. 할머니의 연세는 일흔이 넘어 보였는데 그 할머니를 진료하는 의사가 할머니에게 반말을 섞어가며 말하는 것이었다.

그 의사는 내 수술을 담당한 주치의였는데 나이는 30대 중후반 정도 되는 것 같았다. 젊은 의사가 연세 많은 할머니에게 반말을 하는 것이 귀에 거슬렸다.

'아니, 어떻게 할머니에게 반말을 하지? 의사는 갑이고 환자는 을이라고 생각하나 보네!'

이런 생각을 하면서 다음 환자 치료 때도 유심히 관찰했다. 의사는 다음 환자인 중년 남성에게도 반말을 섞어가며 말했다. 그런 장면을 연속해서 보게 되자 그 의사가 괘씸하다는 생각이 들었다.

'환자에게 저렇게 반말을 하다니!'

그러는 사이 내 차례가 왔다. 진료 의자에 앉았다.

"수술이 끝난 후 처음 오시는 거죠?"

"네"

"좀 어떤 거 같아?"

"응, 괜찮아!"

처음에 존댓말을 사용하던 의사는 환자들에게 예의 그
랬던 것처럼 내게도 반말로 물었다. 그래서 나도 반말로
응수했다.

의사가 그것을 알아차렸는지 아니면 그냥 하던 습관인
지 다음 말은 또 존댓말로 물었다.

"수술할 때 마취가 좀 빨리 풀려서 고생하신 것 같은데
힘드셨죠?"

"네, 그때 통증을 좀 느꼈던 것 같아요."

의사가 존댓말로 묻자 나 역시 존댓말로 대답했다. 의
사는 코를 여기저기 살펴보더니 또 반말로 물었다.

"여기 이 부분은 약간 아플 수도 있는데 좀 어떻지?"

"응, 괜찮은 것 같아!"

의사가 또 반말로 묻자 잡아당긴 고무줄의 탄력에 의
해 퓽 소리를 내며 날아가는 종이 총알처럼 나 역시 반말

로 응답했다.

두 번째도 내가 반말로 대답하자 의사는 뭔가 이상하다고 느꼈는지 그 다음부터는 계속 존댓말로 물어보았다. 그렇게 진료가 끝났다.

입원해 있는 일주일 동안 매일 진료를 받았는데, 차례를 기다릴 때마다 그 의사가 환자들에게 계속 반말을 섞어가며 말하는 것을 목격했다. 그런데 내게는 꼭 존댓말을 사용했다. 나를 의식한 것 같았다. 나를 의식했다면 자신이 사용하는 말투를 알고 있다는 의미가 아니겠는가.

그 의사가 다른 환자에게 반말을 사용하더라도 나로서는 더 이상 어떻게 해볼 방법이 없었다. 영화에서 유치원생 같은 어쭙잖은 폼으로 하늘을 날아다니며 악당을 쳐부수는 슈퍼맨 같은 정의의 사도가 아닌 이상 다른 환자에게 반말하는 것까지 따지고 들 순 없었기 때문이었다.

그 이후 고약한 버릇이 생겼다. 병원에 갈 때마다 의사들의 말투를 신경 써서 듣는 것이다. 다행스럽게도 다른 의사들은 환자들에게 꼬박꼬박 존댓말을 사용했다. 그

럴 때마다 안도했다. 불편한 상황을 만들지 않아도 된다
는 생각에.

'당시 그 의사는 환자들에게 왜 반말을 사용했을까? 개
인의 특성이었을까, 아니면 속한 환경에서 그런 말투를
배우게 된 것일까?'

'환자들이 의사의 반말에도 꼬박꼬박 존댓말을 사용했
던 이유는 무엇일까? 의사의 반말을 느끼지 못해서였을
까? 아니면 그것에 항의하거나 부당함을 지적했을 때 혹
시라도 생길 수 있는 치료의 불리함을 염려해서였을까?'

그러면서 생각해 본다. 당시 하늘 높은 줄 모르고 날
뛸 수 있던 젊은 시절이었기에 의사의 그런 행동에 반발
했지만, 세상을 많이 알게 된 지금 같은 상황을 만난다면
다시 그때처럼 대응을 할 수 있을까?

다행스럽게도 반말하는 의사를 다시 만나지 않아 그런
고민을 하지 않아도 되었지만 당시의 일이 생각날 때마
다 씁쓸함에 고개를 젓곤 한다.

젊었을 적 갑질 같지도 않은 갑질에 대항하고, 그 결과

에 만족해했던 당시를 생각하면서 가끔 내 자신을 되돌아본다.

혹시 나도 모르는 사이에 갑질을 한 적은 없는지.

친구에게

청승맞은 가을비가 지나간 스산한 저녁이었다. 한 모임에 갔다가 날씨와 보조를 맞추겠다는 듯 우울한 소식을 들었다. 친구 녀석이 췌장암에 걸렸다는 것이다. 캄캄한 산길을 걷다가 돌연 가파른 낭떠러지를 만난 것처럼 가슴이 철렁 내려앉았다.

췌장암이라면 가장 고약한 암 중의 하나다. 애플을 창

업한 스티브 잡스도 췌장암으로 사망했다는데! 치료가
쉽지 않은 암이라는데!

그 소식을 듣자마자 모임에서 빠져나와 친구를 만나러
갔다. 살이 조금 빠져 있었다. 먹는 것이 힘들어서 음식
을 잘 먹지 못한다고 했다.
"어느 정도 진행됐대?"
"4기래."
"뭐? 그럼 말기?"
"응."

묻고 싶은 이야기기가 많았지만 아무 말도 할 수 없었
다. 침묵보다 나은 표현이 좀처럼 떠오르지 않았다. 나는
귀를 크게 열어 녀석이 내뱉은 문장은 물론 내쉰 숨소리
마저 다 받아들이고자 했다. 녀석은 자기가 해볼 수 있는
것은 다 해보겠다며 아무렇지도 않은 양 밝게 웃었다.

때로는 침묵이 의미를 더 잘 전달하기도 하지만, 그래
도 말의 힘을 믿고 싶은 순간이 있다.
"병을 극복하는 데 가장 중요한 것이 환자의 마음이라

고 하더라. 너는 밝고 긍정적이어서 분명 극복해낼 거야!"

친구를 위로하기 위해 믿고 싶은 마음을 전하자, 녀석도 그 말이 사실인 양 자기 최면을 걸었다.

"그 소리 많이 들었어. 소식을 들은 이들이 그러더라고. 나는 긍정적이라 분명 극복해낼 거라고."

친구를 만나고 돌아오는 길에 석촌호수 길을 걸었다. 한때 붉은빛과 황금빛을 뽐내던 단풍들이 어느새 짙은 갈색으로 변하여 도로 위를 쓸쓸히 나뒹굴고 있었다.

낙엽을 밟으니 바스락 소리가 났다. 무심한 바람에 의해 이리저리 떼 지어 쓸려가던 낙엽이 땅에 있기를 체념한 듯 공중으로 붕 떠올랐다. 허공을 쓸쓸히 떠다니던 낙엽이 다시 제자리로 떨어져 뒹군다. 친구의 마음은 저 낙엽 같을까…….

남은 기간이 6개월 정도일 거라던 병원의 예상과 달리 1년이 지났는데도 친구는 잘 버티고 있다. 적극적으로 음식을 먹고, 치료하고, 운동하고 있다고 한다. 또 사람들도 만난다고 한다.

항암 치료로 머리카락과 눈썹이 많이 빠진 모습에 가

숨이 아프지만, 아직도 긍정적인 태도와 희망을 잃지 않는 친구를 보면서 나도 희망의 끈을 놓지 않는다.

'희망은 자기를 추구하는 사람을 결코 내버려두지 않는다'는 말에 의지하여.

설거지 하는 사람이

접
시
깬
다

　동료 한 사람이 내게 와서 하소연을 늘어놨다. 맥이 빠
진다며. 자신은 하루가 어떻게 가는지 모를 정도로 많은
일을 하는데, 어떤 직원은 하는 일 없이 빈둥댄다며 불평
했다.

　어느 조직이건 담당하고 있는 업무에 따라 일의 양이
천차만별이다. 어떤 자리는 하루가 어떻게 지나가는지

모를 정도로 정신없이 바쁘고, 또 어떤 자리는 상대적으로 여유가 있다.

하지만 여유가 있는 부서의 구성원들도 자신의 업무량이 적다고 생각하지 않는다. 그래서 성과급 기준을 정할 때 자기 부서의 업무 고과가 높게 평가되어야한다고 주장한다.

업무가 많을수록 그만큼 실수도 많아지는 것은 당연한 이치다. 사회가 각박해서인지 사람의 본성이 그래서인지 다른 사람의 실수에 대해 비난하고 비판하는 경우가 많다. 그러다보니 일을 많이 하는 사람일수록 다른 이들의 입방아에 많이 오르게 된다.

남의 입초시에 오르는 것을 좋아하는 사람이 어디 있으랴? 일을 하면서 발생하는 실수로 다른 이의 입초시에 오르거나 비난 받게 되면 일을 한 사람은 맥이 빠질 수밖에 없다. 일에 대한 의욕이 떨어진다. 또 정도가 지나치면 불협화음이 나기도 한다.

그런 경우 위로하는 말이 있다. "설거지하는 사람이 접시 깨는 거 아닙니까? 접시 깨는 것이 무섭다고 설거지

안 할 수는 없잖아요!"

하지만 접시를 깼을 때 잘했다는 칭찬을 받을 수는 없다. 다시 말해 잘 해야 본전인 셈이다. 그런 이유로 공무원 사회에서는 접시를 깨지 않기 위해 아예 설거지를 하지 않는 경우가 많다. 이른바 '복지부동伏地不動.'

이런 '복지부동伏地不動'을 해소하기 위해 정부에서는 공무원의 '적극행정 면책제도'를 시행하고 있다. '적극행정 면책제도'란 공무원이 적극적으로 업무를 처리하는 과정에서 다소 문제가 발생하였더라도 일정 요건이 충족되면 그 업무를 처리한 공무원에게 불이익을 주지 않는 제도이다.

그럼에도 불구하고 면책 조건이 너무 까다롭고, 규정에 대한 해석이 모호하다는 이유로 공무원의 복지부동은 사라지지 않고 있다.

누군가는 설거지를 해야 한다면 설거지하다 접시를 깼을 때 비난보다 위로와 격려를 해주자. 설거지하는 그의 노고를 인정해주자. 아니면 비난하는 사람이 설거지를 하든지.

감
정
은

상처를 남기고

오해가 감정을 자극하고, 그 감정을 주체하지 못하여 다른 이에게 상처를 주는 경우가 있다. 이렇게 만들어진 상처는 가슴에 새겨진 주홍글씨처럼 오래도록 기억에 남기도 한다.

중학교 1학년 때이니 아주 오래 전 일이다. 당시 교실 자리에 앉을 때 다리 한쪽을 책상 옆 통로로 내미는 습관이 있었다.

여름 어느 날 과학 시간이었다. 선생님이 평소와 달리 통로에 다리를 내놓고 있는 학생들에게 다리를 책상 밑으로 집어넣으라고 하셨다. 나를 비롯해 그런 자세를 취했던 학생들은 선생님 지시에 따랐다.

그런데 수업이 진행되던 중 나는 무심코 다리 한쪽을 다시 통로에 내놓았다. 습관 때문에. 그것이 선생님의 눈에 띄었다. 선생님은 지시에 따르지 않는다며 나를 교실 앞쪽으로 불러내셨다. 또 한 학생은 신발 끈을 묶다가 불려나왔다. 자세가 안 좋다는 이유로.

"분필받이를 잡고, 선생님이 때리는 대로 숫자를 세라."

선생님은 먼저 나온 나부터 막대기로 엉덩이를 때리기 시작했다.

"하나, 둘, 셋, … 열,……,

스물,…… 서른, …… 일흔, ……"

아무리 세도 선생님의 매는 멈추지 않았다.

"아흔아홉, 백."

백 대까지 맞은 후 체벌이 끝났다고 생각했다. 분필받

이에 대고 있던 손을 떼고 자세를 바로 했다.

"누가 일어나래?"

선생님은 먹이를 낚아채기 위해 하늘에서 날카롭게 내려다보는 매의 눈으로 나를 노려보며 말하셨다. 어쩔 수 없이 다시 분필받이를 잡자 선생님은 계속 때리셨다.

"백 하나, 백 둘, 백 셋, 백 넷."

백 넉 대까지 때린 선생님은 매를 멈춘 후 얼굴이 땀범벅이 된 채 나를 뚫어지게 쳐다보며 물었다.

"더 맞을 수 있어?"

나는 아무런 말도 하지 못하고 고개를 숙였다. 이 이야기를 다른 사람에게 말하면 '남자 선생님이에요?'라고 묻는 이가 있다. 그러면 웃으며 답한다. "남자 선생님한테 그렇게 맞았으면 죽었지, 살았겠어요?"

"너는 저쪽으로 가 있고, 다음, 너."

이번에는 신발 끈을 묶다가 걸린 친구 차례였다.

"하나, 둘,……, 열~하~나아~, …… , 스물 하~나아~, 스물 두우울."

이 친구는 열 대가 넘어가자 엉덩이를 이리저리 움직

이며 아픔을 표시했다. 그래서 그랬는지, 아니면 선생님
이 나를 때리느라 기운이 빠져서 그랬는지 그 친구는 이
십여 대만 맞고 끝났다.

이 소식은 쉬는 시간에 급속도로 1학년 전체 학급으로
퍼져갔다. 옆 반에 있던, 같이 등하교하는 친구 녀석이
득달같이 달려와 나를 옥상 입구로 데려갔다.
"바지 벗어봐. 얼마나 멍들었나 보게."
그 친구 말에 바지를 내리고 엉덩이를 깠다. 친구는 깜
짝 놀라면서 몸을 뒤로 뺐다.

'매를 맞아 멍이 들면 어떤 색깔을 띠는가?'
보통 맞은 곳은 빨갛게 멍들고, 시간이 지나면서 파란
색을 띠는데, 그때 알았다. 그건 매를 약하게 맞았을 때
나오는 색이라는 것을!
엉덩이는 새까맣게 죽어있었다. 엉덩이 가장자리는
파랗거나 보라색을 띠었고, 매를 집중적으로 맞은 가운
데 부위는 검정 물감으로 덧칠한 것처럼 검게 물들어 있
었다.

"사내들은 학교에서 있었던 일을 집에다 미주알고주알 일러바치는 것이 아니다. 학교에서의 일은 학교에서 끝내야 한다."

중학교에 입학한 순간부터 이렇게 세뇌(?)받아 왔기에 매 맞은 일에 대해서 부모님께 말씀드리지 않았다. 그런데 식구들이랑 있다가 의자에 앉으려고 하는 순간 나도 모르게 '아야!' 하면서 일어나 엉덩이를 만졌다. 그로 인해 사실이 발각되고 말았다.

다음 날 함께 등교하신 아버지는 교무실에서 담임 선생님을 만나 자초지종을 설명하셨다. 내 엉덩이를 본 담임 선생님도 두 눈을 휘둥그레 뜨며 기겁하셨다.

"아니, 어떻게 이럴 수가……."

담임 선생님은 꿀 먹은 벙어리처럼 아무 말 못 하고 아버지를 쳐다만 보셨다.

"선생님, 얘가 수업 시간에 무엇인가 잘못해서 매를 맞은 것 같은데, 그래도 이건 좀 심하다는 생각이 듭니다."

"……"

"앞으로는 이런 일이 없도록 담임 선생님께서 잘 말씀

해주시기 바랍니다."

이것으로 끝이었다. 아버지는 그 말씀만 하시고 집으로 돌아가셨다. 요즘과 비교하면 말도 안 되는, 어이없는 마무리였다.

조회 시간이 지났지만 선생님들은 교실에 들어오지 않으셨다. 나중에 알게 됐다. 임시 직원회의가 열렸다는 사실을.

한참 후에 과학 선생님이 찾으신다며 교실 문 쪽에 앉아 있던 친구가 나를 불렀다. 나는 다락에 숨겨놓은 곶감을 몰래 훔쳐 먹다 발각된 아이처럼 쭈뼛거리며 복도로 나갔다. 과학 선생님이 기다리시고 있었다. 과학 선생님은 미안한 표정을 지으며 사과하셨다.

"어제 많이 아팠지? 선생님은 네가 반항하는 줄 알았어. 맞는 대로 숫자를 세란다고 자세를 흩뜨리지 않고 아무 표정 없이 숫자 세는 너를 보면서 말이다. 미안했다."

선생님의 오해가 불러일으킨 대참사였다. '나도 친구처럼 아픈 티를 냈으면 적당한 선에서 끝났을 텐데'라는 후회가 물밀 듯 밀려왔다. 그럼에도 불구하고 입에서는 타이머에 맞춰놓은 총알이 시간이 되어 자동 발사되는 것처럼 다음 말이 툭 튀어나왔다.

"아닙니다. 제가 죄송했습니다."

이렇게 마무리되었지만, 그로 인한 엉덩이의 멍은 쉬이 지워지지 않았고, 마음에는 더 오래도록 상흔傷痕이 남았다.

격해진 감정은 이성을 마비시키고, 마비된 이성은 오해를 빚어낸다. 그렇게 만들어진 오해는 감정을 더욱 격하게 만든다. 악순환이다.

[부언]

아버지가 학교에 오셨고, 임시 직원회의도 열렸다. 요즘 같으면
학교가 들썩들썩했을 거다.
하지만 결과는 사과 한마디, 그것으로 끝이었다.
'태산명동泰山鳴動에 서일필鼠—匹'* 이란 고사성어가 생각난다.

....

* '태산이 떠나갈 듯 요동하더니 뛰어나온 것은 쥐 한 마리뿐이라'는
  뜻으로, 예고만 떠들썩하고 실제 결과는 보잘것없음을 비유해 이
  르는 말

002

풀잎과 햇살

　후배와 만나기로 한 늦가을 어느 날이었다. 약속 장소
는 조용한 도로 뒷골목 카페였다. 생각보다 일찍 도착했
다. 번화가가 아닌 뒷골목의 작은 카페라 그런지 손님이
아무도 없었다.

　망중한忙中閑이라고 했나?
　바쁜 일상에서 만들어진, 예상치 못한 잠깐의 여유에

흠뻑 빠져본다. 스피커에서 슈베르트의 세레나데가 흘러나온다. 감미로운 선율에 맞춰 멜로디를 따라가노라니 이른 아침에 고즈넉한 숲속을 거닐다 자연의 일부가 된 것 같은 착각에 빠진다. 커피 향에 낙엽을 태우는 은은한 가을 냄새가 묻어나는 것 같았다.

커피 잔을 입 가까이에 가져가 커피의 향을 맡으며 눈을 살며시 감으려는 순간 매장에 서 있는 종업원의 모습이 시야에 불쑥 들어왔다. 종업원은 출입문 밖에 사람이 오가는 것을 먼 산 바라보듯 초점 없이 응시하고 있었다.

손님이 없는데도 계속 서 있는 종업원이 안타까워 한마디 건넸다.

"다른 손님이 올 때까지 좀 앉아 있지 그래요. 힘들 텐데."

"괜찮습니다. 감사합니다."

종업원이 부담스러워할까 봐 하루에도 서너 번씩 마주치는 이웃에게 안부 인사 건네듯 편안한 말투로 한 번 더 권했다.

"앉아 있다가 다른 손님이 들어오면 그때 일어나도 되

잖아요."

거듭된 권유에 종업원은 나를 물끄러미 바라봤다. 무
슨 말을 할까 말까 고민하는 것 같더니 안 되겠다는 듯
사정을 털어놓았다.

"저희 사장님 방침이에요. 사장님이 어느 음식점에 들
어가셨을 때 종업원이 앉아 있는 것을 보셨대요. 그 장
면을 보는 순간 이 음식점은 음식 맛이 별로라 손님이 별
로 없는 거라는 생각이 드셨대요. 그래서 그 이후로는 매
장에 손님이 없어도 항상 서 있게 됐습니다. 준비된 종업
원, 장사가 잘되는 매장이라는 인식을 줄 수 있도록 말입
니다."

종업원의 말에 고개를 끄덕이고 말았다. 내 자신도 그
런 경험을 한 적이 있기 때문이다. 하지만 종업원의 처지
에서는 언제 올지 모르는 손님을 위해 항상 서 있는 것이
쉬운 일이 아니리라.

그런 생각을 하는 사이 다른 손님이 들어왔다. 그 손님
은 종업원에게 이것저것 물어본 후 자리를 잡고 앉았다.

'종업원이 앉아있었다면 저 손님도 같은 느낌을 받았을까?'

어느 한 가지를 얻기 위해서 다른 한 가지를 버려야 하는 건 변할 수 없는 세상의 이치인가 보다. 살아간다는 것이 참으로 쉽지 않은 것 같다.

[부언]

요즘은 종업원들의 편의를 위해 대형마트에서도 캐셔의 의자 사용을 허용하는 추세이다. 카페 사장님은 시대의 흐름에 역행하는 결정을 내렸다는 사실을 알고나 있을까?

인생은

오늘을 사는 거다

2018년 여름은 역대급 더위를 기록한 해였다. 도시의 기온이 40도를 넘어서고, 일사병 환자가 속출할 만큼 더위가 맹렬하게 위세를 떨쳤다. 사람들은 더위를 피해 외출을 삼갔고, 에어컨의 포로가 되기를 기꺼이 자청했다.

그럼에도 불구하고 한 후배 녀석은 그 더위도 아랑곳하지 않고 외출을 즐겼다. 녀석은 더위가 반갑다는 표정으로 마냥 하늘을 쳐다보고, 먼 산을 바라보며 웃고 다녔다.

"이 무더운 날씨가 뭐가 좋다고 그리 웃어?"

"저는 한여름이 좋아요. 뙤약볕 아래를 걷노라면 왠지 에너지를 받는 것 같아요. 특히 제게 쏟아지는 한여름 햇빛을 받으며 시골 길 걷는 것을 아주 좋아해요. 하늘의 구름과 주위의 들풀을 보면서 풀벌레 소리를 들을 때면 왠지 어린 시절로 돌아가는 것 같아요."

그 대답을 듣고는 피식 웃고 말았다. 한겨울에 녀석에게서 들었던 말이 생각났기 때문이다.

"저는 추운 겨울에 칼바람 맞는 것을 좋아해요. 그래서 일부러 칼바람을 맞기 위해 겨울 산을 찾아요. 몸의 다른 부분은 두꺼운 옷 속에 폭 싸여 있고, 얼굴만 노출된 상태에서 칼바람을 맞으면 콧속이 '싸~' 하잖아요! 저는 그게 그렇게 좋더라고요. 그래서 추운 겨울이 좋아요."

여름은 더워서 좋고, 겨울은 추워서 좋단다. 그렇다면 봄과 가을은? 물어볼 필요도 없다.

녀석은 지금 살아가는 이 순간, 현재를 즐기는 것 같다. 많은 사람들이 더운 여름에는 추운 겨울을, 추운 겨울에는 더운 여름을 그리워하는데 말이다.

　우리는 더 나은 내일을 기대하며, 새로운 걸 손에 넣기 위해 부단히 애쓰며 살아간다. 또 내일을 위해 오늘을 희생하기도 한다. 내일을 위해 노력하는 삶이 헛된 것은 아니겠지만, 내일만을 기대하며 오늘을 그냥 흘려보내는 것은 아닌지 곰곰 생각해본다. 기대하던 내일도 그 순간이 되면 오늘이 되고, 이런 오늘이 쌓여 삶이 만들어지는 거니까.
　누군가 말하지 않았던가. '오늘은 어제 죽어가던 이가 그토록 바라던 내일'이라고!

　인생은 오늘을 사는 거다.

군 복무를 할 때이다. 시간을 효율적으로 활용할 수 있
는 방법을 고민하다 영어 단어를 암기하기로 했다. 단체
생활을 하는 군대에서 많은 시간을 만들어 공부하기란
불가능하지만, 영어 단어처럼 짧게 끊어서 하는 공부는
할 수 있을 거라 생각했다.

주머니에 넣을 수 있는 수첩에 영어 단어를 **빽빽**하게

적어 넣었다. 그리고 수첩을 항상 지니고 다니며 틈틈이 영어 단어와 예문을 외웠다. 이등병, 일병 시기를 이렇게 보냈다.

이렇게 노력한 끝에 약 8개월 만에 『Vocabulary 22000』 이라는 두꺼운 영어 단어 책을 모두 외웠다. 군대 생활에서, 그것도 가장 바쁘다고 하는 이등병, 일병 시기에 이 책의 단어를 다 외웠다는 사실이 뿌듯했다. 겨울을 나기위해 열심히 도토리를 모으는 다람쥐처럼 미래를 위해 준비하는 내 자신에 대해 자부심도 들었다.

하지만 여기까지였다.

계급이 상병으로 올라가면서 시간적인 여유가 많아졌고, 군 생활에도 충분히 적응됐다. 그런데 시간을 활용하겠다는 생각은 옛사랑의 그림자처럼 점점 흐려져만 갔다. 『Vocabulary 22000』을 마친 후에는 더 이상 아무 노력을 하지 않았다. 그리고 그 상태로 제대했다.

'왜 그랬을까?'

바쁘디 바쁜 이등병, 일병 시기에는 없는 시간을 쪼개가며 활용했는데, 상대적으로 시간이 많은 상병과 병장

시기에는 왜 그렇게 시간을 흘려보냈을까?

많은 것이 불공평한 세상에서 모든 사람에게 공평하게 주어진 것이 있다. 시간이다. 하루 24시간인 것은 어느 누구에게나 같다.

신은 사람들의 원망에 대비하기 위해 시간이라는 공평함을 마련했는지 모른다. "다른 사람에게는 많은 것을 주고 제게는 왜 아무것도 주지 않았습니까? 너무 불공평합니다." 이처럼 신에게 불평했을 때를 대비해서 말이다!

하지만 공평하게 주어진 시간일지라도 사람에 따라 느끼는 정도는 다른 것 같다. 어떤 이는 하루 24시간이 부족하다며 발바닥에 불이 난 것처럼 정신없이 뛰어다닌다. 하지만 또 어떤 이는 제대 날짜를 기다리며 하루하루 달력의 날짜를 지워가면서 시간이 잘 가지 않는다고 투덜대는 말년 병장처럼 지루해한다.

'너무 바빠!'

정말 바쁜 것인지, 힘들다는 것을 알아주기 바라서 하는 말인지는 모르겠지만 흔히 듣는 말이다. 한가해 보이

는 사람에게 무언가를 부탁했을 때 많이 듣는 대답도 '너
무 바빠'이다.

바빠 보이는 사람에게 건강을 위해 틈 내서 운동하라
고 하면 "아플 시간도 없이 바쁜데 언제 운동을 해!", "죽
고 싶어도 죽을 시간이 없는데 무슨 운동이야."라는 소
리를 듣기도 한다. 얼마나 바쁘면 죽을 시간도 없다고
할까? 심지어는 '숨 쉴 새도 없이 바쁘다'라는 이도 있다.

바쁘게 산다는 것은 시간을 효율적으로 사용한다는 의
미이기도 하다. 회사의 오너owner, 소유권을 가진 사람는 중
요한 일이 생기거나 새로운 일이 생길 때 자기 직원 중에
서 가장 바쁜 사람에게 일을 맡긴다고 한다. 그러면 그
사람은 일류요리사가 복어 회 살점을 종잇장처럼 얇게
썰듯 부족한 시간을 쪼개서 새로운 시간을 만들고, 결국
그 일을 해낸다는 것이다. 하지만 한가한 사람에게 새로
운 일을 맡기면 그 사람은 바쁘다며 일을 해내지 못할 가
능성이 높다고 한다.

바쁜 사람이 시간을 효율적으로 사용하는 예를 들어
보자.

약사 친구가 있다. 녀석은 약국 문을 저녁 9시경에 닫는다. 꽤 늦은 시각이다. 벌써 30년 이상을 그렇게 생활하고 있다. 그런 생활 패턴이라면 취미생활을 하기 어렵다. 일반인들은 하던 취미 생활도 끝내고 귀가할 시간이다.

그런데 녀석의 시간 활용은 그때부터 시작된다. 일과가 끝나는 저녁 9시 이후부터 새로운 생활을 한다. 월요일과 목요일에는 탁구, 화요일과 금요일에는 댄스, 수요일에는 실내 골프, 토요일에는 합창, 그리고 일요일에는 골프나 볼링 또는 등산을 한다. 그러면서 약사회 활동도 한다. 그리고 가끔 나와 술도 마신다. 밤 9시 반 이후부터 이른 새벽까지.

그렇게 늦은 시간에 일이 끝나는데 어떻게 그리 많은 활동을 할 수 있는지! 그 친구를 보면 정신이 없다.

'나는 저녁 9시경 무엇을 하고 있나?'

TV 뉴스를 보고, 한 시간쯤 후에는 드라마를 보거나 글을 조금 끄적거리며 잠잘 준비를 한다.

그 친구를 떠올리며 나를 되돌아본다. '지금 인생을 낭비하고 있는 건 아닐까?'

시간이 귀할 때는 시간과 드잡이 해가면서 아껴 사용하지만, 많으면 흘려보내는 것도 많아진다는 점에서 시간은 돈과 비슷한 것 같다. 돈이 부족하고 적을 때는 아껴 사용하지만, 많고 넉넉할 때는 낭비하는 것과 같은 이치이다.

그런 점을 생각할 때 회사의 오너owner가 중요한 일을 가장 바쁜 직원에게 맡긴다는 말에 고개를 끄덕이게 된다.

'나에게는 시간이 부족한가 아니면 넘치는가?'
'바쁨과 씨름하면서 바쁨에 지고 만 적은 없는가?'

그러면서 조심스레 돌이켜 본다.
누군가 나에게 일을 부탁했을 때 시간이 없다는 핑계로 일을 거절한 적은 없는지?
어쩌면 그 일을 하기 싫어서 시간이 없다고 핑계를 댄 것은 아닌지?

'세상에서 가장 바쁜 사람은 백수다.'

무거우면서 가벼운 것

'사람의 몸에서 가장 무거운 부분은 어디일까?'

눈꺼풀이다. 천하장사도 잠이 오면 내려오는 눈썹을 들어 올릴 수 없으니까!

물론 웃자고 하는 이야기다. 그렇다면

'세상에서 가장 가벼우면서 동시에 가장 무거운 것은 무엇일까?'

어떻게 가장 가벼우면서 가장 무거울 수가 있을까? 두
얼굴의 신 야누스도 아닐 텐데.

정답은 '사람의 마음'이다.

마음을 바꾸려면 생각만 바꾸면 된다.

생활하면서 생각을 바꾸는 일은 수없이 일어난다. 어
느 책에선가 읽은 기억에 의하면 사람은 하루에 천 번 이
상의 결정을 한다고 한다. 지금 일어날지 말지, 밥을 먹
을지 말지, 반찬은 무엇부터 먹을지, 물을 마실지 말지,
몇 분 후에 출발할지…….

순천만의 갈대가 바람에 의해 수없이 흔들리듯 그 결
정 과정에서 수많은 번복이 이루어진다. 고심 끝에 어떤
물건을 사려고 했다가 계산하기 전에 바로 바꾸기도 하
며, 휴일에 외출하려고 했다가 귀찮다며 갑자기 취소하
기도 한다. 무심코 지나가서 그렇지 곰곰 생각해보면 너
무 흔한 일이다.

하지만 아무리 강한 힘도 바꿀 수 없는 것 또한 사람의
마음이다.

역사에서 어떤 외압이 오더라도 신념을 바꾸지 않아 죽음에 이른 위인들이 많다. 고려 충신 정몽주나 조선 세조 때 사육신이 대표적인 예이다.

이성계의 다섯 번째 아들 이방원이 '이런들 어떠하리 저런들 어떠하리'라는 시조로 정몽주를 회유했지만, 정몽주는 생각을 바꾸는 대신 그 무거운 마음을 지키다 선죽교에서 죽임을 당했다. 또 사육신은 세조의 회유에도 불구하고 단종에 대한 충성심을 바꾸지 않아 죽임을 당했다.

누군가와 이야기하다 보면 상대방이 꽉 막혀서 대화가 안 된다며 답답해하는 경우가 있다. 그럴 때 짜증이나 화를 내면서 자신의 건강을 해치기보다는 생각을 바꾸어보자.

'저 사람은 이 순간 가장 무거운 마음을 갖고 있구나!'

"얘~, 아침 먹고 가야지~."

아침상을 차려놓은 엄마의 말에, 한 손에는 옷을 들고 다른 손에는 가방을 들며 급하게 뛰어나가는 딸이 말한다.

"나 늦었어! 밥 먹은 거로 할게."

엄마는 팔을 내뻗어 잡으려고 하지만 딸은 이미 현관

문 밖으로 뛰어나간다.

"지 먹으라고 차려놓은 건데 한술이라도 뜨고 가지……."

엄마는 식탁에 혼자 앉아 맥이 빠진 표정으로 차려놓은 밥상을 내려다본다.

TV 드라마나 광고에서 심심치 않게 나오는 장면이다.

눈이 핑핑 돌아갈 만큼 변화가 빠른 세상이다. 하룻밤이 지나면 다음 날이 낯설기까지 하고, 돌이 된 아기가 백일 된 아기에게 '세대 차이를 느낀다'고 푸념한다는 우스갯소리도 있다. 사람들은 그 변화 속에서 뒤처지지 않기 위해 다람쥐가 쳇바퀴 돌듯 열심히 움직인다.

많은 현대인들이 이른 아침에 출근해서, 하루 종일 일하고, 저녁 늦게 퇴근한다. 아침은 전쟁이다. 피곤에 지친 상태에서 지각하지 않기 위해 부리나케 출근하는 모습은 우리네 가정에서 어렵지 않게 볼 수 있다. 그런 바쁜 아침에 식사를 해결하는 방법은 참 다양하다.

밥, 빵, 과일, 선식…….

아침을 먹지 않는 사람도 제법 많다. 세 끼 중 아침 식사가 가장 중요하다고들 하지만 아침을 잘 먹는 사람은 그리 많지 않은 것 같다.

또 '하루 세 끼'라고 하지만 하루에 세 끼를 반드시 먹어야 하는 것도 아니다. 우리나라는 조선 중기 이후에 와서야 세 끼를 먹기 시작했다고 한다.

조선왕조실록 선조 26년(1593년) 기록에 의하면 선조는 흉년이 들자 "내가 평일에도 늘 삼시세끼를 먹지 않고 있으니 내가 먹을 쌀의 반을 덜어, 죽을 쑤어 먹는 사람에게 먹이도록 하라."는 교시를 내렸고,

정조실록 15년(1791년)의 기록에도 "민간에서 조금이라도 여유가 있는 자는 하루에 세 끼 밥을 먹지만 나는 하루에 두 끼만 먹는다."라고 했다.

지금은 하루에 식사를 세 번 하는 것이 전 세계적으로 일반화된 현상이지만, 민족이나 부족에 따라 두 끼 또는 네 끼를 먹기도 한다. 이런 점을 생각해본다면 아침을 먹지 않는다고 해서 크게 문제될 것은 아니다.

하지만 아침을 꼭 챙겨먹는 이들도 있다. 밥을 먹지 않으면 이상하게 허한 느낌이 든다며 어쩔 수 없는 경우를

제외하고는 밥을 꼭 먹는다.

나 역시 아침 식사를 하지 않고 출근하면 일에 집중하기 어렵다. 늦잠을 자서 시간이 없으면, 전쟁에 나가는 오다 노부나가_{일본 전국시대의 무장, 도요토미 히데요시의 주군}가 아내 노히메에게 '밥'이라고 외치며 물에 밥을 말아서 '후루룩~' 넘기고 나갔던 것처럼 빈 위장을 채우고 급히 나온다.

또 그럴 시간마저 없다면 참새가 방앗간을 그냥 지나칠 수 없듯이 출근길에 김밥집에 들러 김밥을 사 가지고 출근한다.

아침을 거를 때마다 주로 이용하는 김밥집이 있다. 아침 식사를 김밥으로 해결하는 사람이 많은지 이미 포장된 김밥을 검정 비닐봉지에 넣어주는 사장님의 행동이 물 흐르듯 자연스럽다.

사람들이 아침에 김밥을 사 가지고 가는 모습을 보노라면 떠오르는 생각이 있다. '먹고 산다는 게 뭘까?'

자신을 위해, 또는 가족을 위해 아침부터 열심히 살아가는 사람들의 모습에 살아있다는 생동감과 함께 책임감의 무게도 묵직하게 느껴진다.

[부언]

며칠 전 TV에서 시청한 광고이다. 그 광고에서는 엄마가 자녀의
밥상을 차려주고 부리나케 출근하는 모습이 그려지고 있다. 세
상이 참 많이 변하기는 변한 것 같다.

토요일이나 일요일 이른 아침이면 지하철 3호선 신사역 부근에 젊은이들이 넘쳐난다. 마치 서울의 젊은이들이 모두 그곳에 모인 양 신사역 3번 출구 쪽 도로를 가득 메우곤 한다.

그곳에는 강남의 이름 있는 클럽이 있다. 젊은이들이 밤새 자신의 에너지를 발산시킨 후 클럽이 끝나면서 쏟아져 나오는 것이다. 술에 취한 이들도 많아 행인들의 눈살을 찌푸리게 하는 장면도 어렵지 않게 목격할 수 있다. 그런 장면을 보면서 염려되는 부분도 있다.

하지만 판도라 상자에 마지막까지 남아있던 희망이 밖으로 나오려는 것처럼 '인생의 한때려니'라는 이해심도 염려에 같이 묻어나온다.

20대 중반까지 클럽을 자주 이용했던 아들에게 이 이야기를 들려주자 녀석이 웃으며 말했다.

"쟤들 뭐가 좋다고 그렇게 노는지 모르겠어요. 저도 한때는 그렇게 보냈지만 지금은 하라고 해도 못 하겠어요. 왜 인생을 그렇게 낭비하는지……."

녀석의 말에 '허허~'하며 어이없는 헛웃음만 내뱉고 말았다.

아들의 말을 듣고 있자니 문득 오래 전 들었던 지인의 이야기가 떠올랐다.

중학교 교사인 그에게 스승의 날에 고등학교 2학년인 제자들이 찾아왔다고 한다. 그중 한 명은 중학생 때 한창 유행하던 '똥싼바지'헐렁한 힙합바지를 입고 다녔는데, 입지 말라고 아무리 지도해도 말을 듣지 않았다고 한다.

그런데 고등학생이 되어 찾아왔을 때는 단정한 바지를 입고 왔더란다.

"너 오늘은 '똥싼바지' 안 입고 왔네!"

그러자 녀석 왈,

"창피하게 그런 걸 어떻게 입어요."

"너 중학생 때는 입지 말라고 그렇게 말려도 어떻게든 입고 다녔잖아!"

"그땐 제가 어렸잖아요!"

불과 2년 전이었음에도 불구하고 생각이 완전히 달라진 제자를 보면서 '그 모든 것이 한때구나!'라는 생각이 들었다고 했다.

이십오 년 전 같이 근무하던 사람들과의 모임을 아직까지 지속하고 있다. 그중 한 사람이 어떻게 찾았는지 그때 둘이 같이 찍었던 사진을 카톡으로 보내왔다. 그 사진을 보면서 젊었을 적 풋풋했던 내 모습을 느낄 수 있었다. '이런 시절도 있었구나!'라는 상념에 잠겼다.

시간은 우리 얼굴에 깊은 주름을 보태고 머리카락에

만년설 같은 흰 눈을 뿌린다. 우리는 세월이라는 조각배를 타고 삶의 바다를 건너고 있다. 잔잔할 때도 있고, 거센 파도가 밀려올 때도 있지만, 어쨌든 깊고 푸른 바다를 항해한다.

그 인생의 바다를 항해하면서 나는 어떤 모습이 되었을까? 또 기억되는 세월만큼의 시간이 더 흐른 후 그때는 어떻게 변해 있을까?

친구의

클래식

기타

학창시절 '기타 맨'이었던 친구가 있다. 삶의 파도에 휩쓸려 헉헉대느라 기타가 추억으로만 남아있던 녀석이었는데 뜬금없이 클래식 기타를 배우겠다고 법석이다.

"웬 클래식 기타?"
"얼마 전 〈황금빛 내 인생〉이란 TV 드라마를 보고 있는데, 암에 걸린 사실을 알게 된 아버지가 죽을 날을 받아놓고 그동안 살아온 자신의 삶을 돌아보더라고. 삶에 쫓겨 하고 싶었던 것을 하지 못한 것에 대해 후회하는 장면이 나오더라. 그러면서 죽기 전에 젊어서부터 하고 싶었던 것을 하겠다면서 클래식 기타 강습소를 찾더라고."

녀석의 두 눈은 먼 산을 바라보는 것처럼 초점이 흐렸다. 당시 장면을 회상하는 듯했다.
"그래서?"
"그걸 보니 나도 젊었을 적에 기타를 제법 잘 쳤다는 기억이 떠오르더라고. 살아가면서 뭐가 바쁜지 내가 좋아하는 것을 잊고 살았다는 생각에 나도 다시 해보려고."

녀석은 요즘 클래식 기타에 푹 빠져 산다고 한다. 자

기의 기타 치던 모습을 추억 속에서만 간직하고 있던 아내도 '참 잘 생각했다'면서 적극 지원해준다고 한다.

새로운 장난감을 손에 넣은 어린아이처럼 즐거워하는 녀석의 얼굴을 보니 나에게도 행복한 기운이 전달되는 것 같았다.

세월이라는 철로를 질주하는 인생 열차는 정해진 정거장이 없다. 열차에 탑승한 자신이 세우는 곳이 정거장이 된다. 자신이 기관사이다. 가끔씩 원하는 곳에 열차를 세워 휴식도 취하고 주위를 감상할 수 있음에도 불구하고, 열차의 속력에 묻혀 정신없이 폭주하고 있지는 않은지, 곰곰 생각해본다.

이런저런 핑계로 놓치고 살아가고 있던 것들이 무엇인지 한번 살펴봐야겠다.

"띵동"

스마트폰에서 맑은 소리가 났다. 지인이 보내준 기프티콘이다. 얼마 전 퇴임한 동료가 고마움의 표시로 보낸 선물이다.

퇴임으로 이해관계가 전혀 없는 사이가 됐음에도 불구하고 선물을 보내준 동료에게 고마운 마음이 들었다. 그러면서도 마음 한편으로는 '얼굴을 마주보며 그동안의 노고에 대해 감사의 인사를 나눌 수 있었으면 더 좋았을 텐데……'라는 아쉬움도 살짝 피어올랐다.

1인 1스마트폰인 세상이다. 많은 정보들이 공기를 타고 다른 이들에게 전달된다. 감사의 마음은 물론, 심지어 가족의 생계를 부양하기 위해 모든 것을 다 걸고 다니는 직장에서 해고한다는 통지도 문자로 보내는 세상이다.

경우에 따라 문자로 주고받을 때 감사의 의미를 편하게 전달할 수 있다. 또 해고처럼 불편한 사실을 전달해야 할 때 미안함을 피할 수도 있고.

하지만 구닥다리 세대여서인지 눈을 마주보며 귀로 목소리를 전달하는 아날로그 방식이 감사의 마음과 미안함을 더 잘 전달할 수 있을 거라는 생각에 그런 변화에 대한 아쉬움이 사라지지 않는다.

직장생활 초창기 월급날이 생각난다. 당시에는 월급을 봉투로 직접 받았다. 월급봉투를 받는 순간은 한 달간의 노력에 대한 보상을 받는 듯한 뿌듯함과 짜릿함을 느끼곤 했다. 그리고 월급봉투를 아내에게 줄 때는 왠지 어깨에 힘도 들어갔고, 가장이라는 책임감도 더 진하게 느낄 수 있었다. 그런 감정은 고됨이라는 상처에 바르는 연고 같다. 상처에 새 살을 돋게 하는 치료제 같은 역할을 한다고나 할까.

하지만 지금은 모든 것이 온라인으로 이루어지는 세상이다. 월급날에는 통장에 숫자만 찍힌다. 숫자로 지급되는 월급은 뭔지 모를 허전함을 남긴다. 사뭇 아쉽기만 하다.

과거의 기억은 어찌 보면 물과 같다. 손으로 물을 떴을 때 손가락 사이로 빠져나가는 물처럼, 빠져나가는 것을 무작정 부여잡을 수만은 없다. 하지만 잠시나마 머물렀던 것의 추억은 삶을 더 풍요롭게 하는 것 같다.

선물은 마음을 보여주는 일이다. 기프티콘을 보면서 결과만 전달하는 선물보다 과정까지 전달하는 선물이 그리워진다.

헤
이
리

마
을
에
서

　누군가에 대한 그리움을 꾹꾹 눌러 담아 추억의 편지
를 쓰고 싶은, 그런 날이 있다. 그런 날 그리움을 더듬고
싶어 파주 헤이리 마을의 추억박물관에 갔다. 어린 시절
의 각인된 기억들이 저 깊은 곳에서 하나씩 솟아나와 그
시절의 느낌을 새록새록 돋우었다.

　형형색색의 구슬은 추운 겨울에 손을 호호 불어가며

구슬치기하던 기억을 떠올리게 했고, 구멍가게에 전시되어 있는 잠자리채는 가는 대나무 끝에 망을 둘러 만든 잠자리채로 잠자리와 나비를 잡기 위해 뛰어다니던 추억을 되살렸다. 버스를 탈 때 현금 대신 지불하던 회수권, 열 장이 인쇄되어 있는 회수권을 폭 좁게 잘라 열한 장으로 만들던 짓궂은 행동도 왠지 그립게만 여겨진다.

내친 김에 당시 기억 속으로 들어가 보고 싶었다. 무슨 글자를 형상화했는지 아직도 이해되지 않는 무늬의 교련복을 영화 〈말죽거리 잔혹사〉에 나오는 것처럼 한껏 폼나게 걸쳤다. 학생 모자도 삐딱하게 썼다. 그런 다음 똥 폼을 잡고 교실 칠판 앞에서 인증 샷을 찍었다.

교복을 입고 보니 불현듯 고등학교 친구들과의 산우회가 생각났다. 한 달에 한 번 만나 서울 근교의 야트막한 산을 다니는 모임이다.

처음에는 건강을 챙기기 위해 산행하는 것이 주목적이었는데, 이제는 오랜 친구들과 만나서 술 한잔하고, 떠들고, 학창시절 이야기를 하는 것이 노골적인 목적이 되어 버렸다.

공부 잘했던 녀석, 수업시간에 잠만 잤던 녀석, 범생이었던 녀석, 학교에서 문제아로 찍혔던 녀석 등 다양한 친구들이 모여 당시를 회상하며 이야기꽃을 피우곤 한다.

어떤 학창시절을 보냈는지는 지금에 와서 별 의미가 없다. 그냥 오래된 친구들을 만난다는 사실이 즐거울 뿐이다.

당시에는 삶의 전부인양 여겨졌던 것들이 지금에 와서 돌이켜보면 아무것도 아닌 것처럼 여겨진다. 거친 돌이 오랜 세월 파도에 깎여서 몽돌해변의 둥근 자갈이 되는 것처럼 인생의 길에서 수많은 풍파를 겪으면서 무더진 것인지, 아니면 낙관과 비관을 되풀이하면서 꿈과 현실의 중간에 안주하고 타협해버린 것인지 모르겠다.

헤이리 마을에서 만난 옛 시절의 소품은 지나온 시절을 돌아보게 한다. 그러면서 이전보다 천천히 걷고 있는 나 자신을 발견한다.

작 은 결 혼 식

사십여 년 지기의 딸 결혼식에 다녀왔다.

신랑과 신부의 협의하에 '작은 결혼식'을 치르기로 했다고 한다. 하객 수는 양가 합쳐서 백팔십 명. 신랑 신부 측에 배정된 하객 수는 각각 구십 명이었다.이 정도 규모는 '작은 결혼식'이라고 보기 어렵다는 이도 있다.

친구는 비상이 걸렸다. 친척 숫자만 해도 사십여 명에

이르고, 딸의 지인들만 해도 수십 명이라, 자신과 부인의 지인들에게는 알릴 수도 없었다고 한다.

사회생활을 수십 년간 해온 부부라 각자의 지인만 해도 족히 백여 명은 될 텐데, 일부에게만 알릴 수 없어서 눈 딱 감고 알리지 않기로 했다고 한다.

그래도 아쉬움이 남는지 아내의 양해를 얻어 절친 두 사람은 초대했다. 나와 또 다른 친구.

출발을 알려주는 뱃고동 소리처럼 시작을 알리는 웨딩곡과 함께 결혼식이 진행되었다. MSG를 첨가하지 않은 순수한 음식처럼 소박하고 예쁜 결혼식을 봤다.

하객들과 인사하는 시간이었다. 보통은 혼주들이 축하해 주러 온 지인들과 덕담을 나누며 즐거워하는 시간이지만 친구 부부는 자신들이 초대한 하객이 별로 없었다. 다소 안쓰럽게 보였다.

그래도 큰아이의 결혼식이라 지인들에게 자랑하고 싶었을 텐데 그러지 못해 아쉬움이 클 것이다. 다행히 나와, 같이 간 친구가 부모님께 인사드리고 부부에게 축하를 건네는 것으로 위안을 삼은 것 같다.

친구 딸의 작은 결혼식을 보면서 얼마 전 있었던 사촌 동생의 결혼식이 오버랩 됐다. 동생의 장인은 당시 유럽 주요 국가의 현직 대사였다. 정관계에서 잘 나가는 분이니만큼 결혼식을 축하하기 위해 온 하객의 수가 수백 명, 아닌 근 천여 명은 되는 것 같았다.

하객들은 신부 아버지와 악수하기 위해 줄을 섰는데, 그 줄이 예식장 밖까지 아주 길게 뻗어 있었다. 그 많은 하객들과 악수하는 신부 아버지를 보면서 문득 생각이 스쳐지나갔다.

'신부 아버지는 누가 왔는지 다 기억할 수 있을까?'

요즈음 소박한 결혼식을 치르는 이들이 조금씩 늘어나고 있다. 하지만, 아직도 결혼식이 당사자나 가족의 네트워크를 과시하는 자리라도 되는 것처럼 하객의 수가 많았다는 것을 자랑하는 이들이 많다. 그러다 보니 하객 수가 부족하여 결혼식 분위기가 위축될 것을 우려해 '결혼식 하객대행 서비스'를 찾는 예비 신혼부부들도 있다고 한다.

인생의 새로운 출발부터 다른 사람을 의식해서 진짜

아닌 가짜를 내세운다면 그들의 미래는 어떻게 그려질까? 그 소식을 접하면서 커다란 돌멩이를 얹어놓은 것처럼 마음 한구석이 무거웠다.

이런 세태에도 불구하고 자식의 소망을 들어주기 위해 부모의 아쉬움을 감수한 친구 부부에게 응원의 박수를 보낸다.

'친구야, 참 잘했다!'

검증된 사람

그
리
고

프로의식

.

1박 2일, 살림하는 남자들, 슈퍼맨이 돌아왔다. 미운
우리 새끼, 런닝맨, 나 혼자 산다, 한 끼 줍쇼, 라디오 스
타, 도시의 어부…….

TV 채널을 돌리면 둘에 하나는 예능이라고 할 만큼 예
능프로그램이 많다. 프로그램이 많은 만큼 진행자도 다
양하지만 유재석, 강호동, 전현무와 같은 MC는 특히 많

은 프로그램을 진행한다. 재방송도 많아서 어떤 날은 같은 진행자가 진행하는 프로그램이 동시에 서너 개가 넘는 날도 있다.

'방송사는 왜 경쟁사의 프로그램 진행자를 기용할까?', '같은 사람이 여기저기 출연하면 식상함을 줄 텐데!' 이런 생각을 한두 번쯤 해봤을 법하다.

'왜 그럴까?'

소박한 의문이 뭉게구름처럼 솟아났다.

한 지인은 교직에 있으면서 참고서나 문제집과 같은 학습지 저자로 이십여 년간 활동해왔다. 그는 우리나라의 거의 모든 학습지 출판사의 문제집을 집필한다. 어떤 해는 출판되는 모든 종류의 문제집에 그의 이름이 저자로 등재되기도 했다.

안면 있는 출판사 관계자에게 물었다.

"어째서 경쟁사인 출판사들이 같은 저자에게 원고 의뢰를 하죠?"

"오랜 기간 저자 활동을 한 사람이라면 이미 이 분야에서 인정받았다는 거잖아요. 잘 모르는 사람에게 부탁하는 것보다는 검증된 저자에게 부탁하는 것이 좋은 원고를 받을 수 있거든요!"

"……"

"검증되지 않은 저자에게 부탁하면 기본 틀이나 출판 의도를 하나하나 설명해줘야 해요. 하지만 검증된 분들은 출판사의 기획 의도에 맞게 알아서 집필해주기 때문에 그분에게 의뢰하는 것이 여러 모로 편합니다!"

출판사 관계자의 설명에도 불구하고 완전히 납득되지 않는 부분이 있었다. 눈앞에 안개가 아직 남아 있는 것처럼. 그 안개를 걷어내기 위해서 지인에게 직접 물었다.

"같은 범위 내에서 여러 출판사 원고를 집필하다 보면 똑같은 문제를 출제하게 되지 않나요?"

그는 곰곰 생각하더니 반문했다.

"혹시 '1+1=2'라는 내용으로 몇 가지 유형의 문제를 만들 수 있나요?"

"……"

"저 같은 경우는 이 내용을 묻는 문제라도 대여섯 가지 형태로 출제합니다. 따라서 여러 출판사 원고를 집필해도 똑같은 문제는 나오지 않습니다. 이렇게 해야 저도 살아남을 수 있습니다. 또 그래야 프로가 아닐까요?"

'아하! 이거였구나!'

한 가지 주제를 대여섯 가지 형태로 물을 수 있다는 것은 그만큼의 내공이 뒷받침되어야 할 것이다. 역시 부단한 노력이 숨어있었다. 또 그래야 살아남을 수 있다는 그 저자의 말에 수십 년간 출판사에서 그에게 의뢰한 이유를 찾을 수 있었다.

여러 방송국에서 같은 예능인에게 새로운 프로그램의 진행을 의뢰하는 것도 비슷한 이유에서이지 않을까, 생각해 본다.

'검증된 사람'
'프로 의식'

이 두 가지 중 나는 어느 것을 갖고 있을까?

로또 Lotto — 8백만 분의 1

오래 전 신문 기사의 일부분이다.

'지방에서 공무원 생활을 하던 염 모(57) 씨와 대기업에 다니다 퇴사한 염 씨의 딸은 딸이 받은 퇴직금 5천만 원으로 10억을 만들기로 하고 주식과 로또 복권을 사들였다.

1년 동안 10억을 만들지 못하면 같이 죽기로 작정한 이들은 그 뜻을 이루지 못하자 자살을 결심해 딸은 숨지고 아버지는 미수에 그쳤다'

사람은 누구나 가슴속에 파라다이스를 그리며 살아간
다. 우리는 그것을 꿈이라고 한다. 현대를 살아가는 많
은 사람들이 로또 당첨을 꿈꾸고 있다. 로또 당첨을 꿈
이라고 말할 수 있는지 모르겠지만, 실제로 로또 당첨을
꿈으로 생각하는 사람들이 많다. 특히 요즘처럼 월급을
저축해 집 마련하기가 현실적으로 불가능한 시기엔 많
은 젊은이들이 로또를 꿈으로 생각한다.

　로또의 당첨 확률이 약 8백만 분의 1정확히 말하면 '814
만 5060 분의 1'이라는 것은 누구나 알고 있는 사실이다. 이
확률은 벼락을 두 번 맞을 확률보다 희박하다고 한다.벼
락 맞을 확률을 어떻게 계산했는지 궁금하기는 하다.

　그럼에도 불구하고 많은 사람들이 로또 당첨을 꿈꾼
다. 800만 분의 1이라는 확률이 얼마나 희박한 확률일지
보다는, 어쨌든 매주 당첨되는 사람이 나온다는 사실에
기대어.

　어느 날 지인이 농담 반 진담 반으로 투덜댔다.

　"나는 벌써 십 년 이상 매주 로또를 사왔는데 왜 당첨 안
되는지 모르겠어요. 매주 여러 명씩 당첨되는데 말이에요."

내가 웃으며 말했다.

"여러 명이 당첨됐어도 그들은 모두 같은 번호를 선택한 사람들이잖아요. 그 번호는 모두 8백만 분의 1에 해당되는 번호구요. 여러 명이 당첨된다고 해서 내 가능성이 높아지는 것은 아닌데 뭘 그래요."

[8백만 분의 1]

과연 얼마나 희박한 확률일까? 너무나 크기 때문에 감이 오지 않는다. 그래서 가끔 사람들에게 이렇게 예를 든다.

"자물쇠를 열 수 있는 열쇠가 달린 꾸러미가 있어요. 그 꾸러미에 비슷한 모양의 열쇠가 열 개가 달려 있다고 생각해보세요. 그중에 하나를 선택해서 자물쇠에 꽂았을 때 한 번에 맞출 수 있을까요?"

이 이야기를 들려주면 많은 사람들이 웃으면서 말한다.

"열 개는커녕 두세 개 중에서 하나를 고를 때도 안 되는 걸요!"

열 개 중 하나라면 십 분의 일이고, 세 개 중의 하나라면 삼 분의 일에 불과하다. 그런데도 한 번에 성공하지 못한다고 한다.

이렇게 눈으로 직접 확인하면 십 분의 일이라는 확률이 얼마나 어려운 것인가를 알 수 있다. 그런데 8백만 분의 1이라면?

돈이라면 8백만 원은 어렵지 않게 생각할 수 있다. 주위에서 쉽게 듣는 소리가 '억' 단위이고, 소형 자동차 한 대도 일천만 원이 넘으며, 서민들도 마음먹고 저축하면 일 년에 몇 백만 원을 모을 수 있기 때문이다.

돈의 액수는 개수의 개념이 아니라 가치의 개념이다. 하지만 이를 개수의 개념으로 살펴보면 8백만은 생각할 수 없을 정도로 큰, 아니 많은 수이다. 어떻게 하면 몸에 와닿을 수 있을까?

출처 : BTS_official

　2019년 일본 오사카 얀마스타디움에서 BTS방탄소년단
의 콘서트가 열렸다. 사진은 당시의 장면을 찍은 것이다.
이때 모인 관중의 수가 약 5만 명이라고 한다.

　이곳에 1등 상품권을 갖고 있는 사람이 한 명 있다면
당신이 한 번에 그 사람을 찾을 가능성은 얼마나 될까?

　그냥 웃고 말 것이다.

　5만 분의 1이라는 확률을 눈으로 확인하면 얼마나 희
박한 것인지 알 수 있다.

그런데 로또 1등에 당첨된다는 것은 이 사진을 160장 붙여놓고 그중에 한 사람을 선택하는 것이다. 로또 1등에 당첨되는 것이 얼마나 어려운 일인지 실감할 수 있다.

자살을 시도한 부녀는 로또의 이런 확률을 알고나 있었을까? 로또 당첨을 꿈꾸는 것이야 뭐라 할 수 없지만 로또에 모든 것을, 심지어 목숨까지 거는 것이 얼마나 무모한 일인지 알았다면 그런 생각조차 하지 않았을 텐데…… 너무 안타깝다.

그럼에도 불구하고 사람들은 로또를 산다.
일단, 지불하는 금액이 천 원이니 부담 없고, 또 누군가는 당첨이 된다는 사실 때문에. 그것도 매주!

로또Lotto ― 확률의 함정

　로또 판매점에 가면 일 인당 십만 원까지만 판매한다는 문구가 보인다. 그 문구를 볼 때마다 생각한다.
　'정말 로또를 십만 원어치나 구입하는 사람이 있을까?'
　'우문愚問, 어리석은 질문'이다. 누군가는 그렇게 구입하기에 그런 문구를 붙여 놓았을 것이다.

　하지만 십만 원어치를 구입해도 1등에 당첨되는 것은

하늘의 별을 따는 것만큼 어렵다. 도대체 왜 그럴까?

이제부터 그 이유를 알아보자.

지금부터 누구나 싫어하고 머리 아파하는 확률 공부를 시작해볼까 한다. 숫자를 보면 머리에 쥐가 나는 사람이라면 굳이 두 눈을 부릅뜨면서 낑낑댈 필요는 없다.

학창시절에 그렇게 힘들게 했던 수학인데, 학교를 졸업한 지 한참 지난 지금에 와서 또다시 숫자와 드잡이할 필요는 없으니까.

그런 사람이라면 개울을 건너기 위해 돌로 만든 징검다리를 폴짝 건너뛰듯 이 페이지를 폴짝 넘기면 된다.

자, 그럼 미로에서 길을 찾아가듯 로또 확률의 함정을 탐문해보자.

로또를 구입할 때 한 게임, 즉 1,000원어치 구입하는 사람은 많지 않다. 보통 다섯 게임5,000원 단위로 구입한다. 만약 1만 원어치10게임를 구입한다면 1등 당첨 확률은 약 $\frac{10}{8백만} = \frac{1}{80만}$로, 당첨 가능성이 10배 높아진다.

또 10만 원어치 구입한다면 100게임이고, 1등 당첨 확률은 대략 $\frac{100}{8백만} = \frac{1}{8만}$로, 가능성이 100배 높아진다.

그렇지만 여기에 확률의 함정이 있다. 확률은 단순히 숫자상의 계산일 뿐이다. 당신이 로또 두 게임을 구입한다고 가정해보자. 두 게임을 구입했을 때 로또가 1등에 당첨될 확률은 수학적으로는 $\frac{2}{8,145,060} = \frac{1}{4,072,530}$ 이다.

하지만 실상은 그렇지 않다. 당첨 확률 $\frac{1}{8,145,060}$인 첫 번째 게임이 당첨되지 않았다면 실제로 남아있는 게임의 수는 8,145,060보다 한 개 적은 8,145,059이기에, 두 번째 게임이 1등에 당첨될 실제 확률은 $\frac{1}{8,145,059}$이 되는 것이다.

같은 원리로 열 번째 구입한 게임이 1등에 당첨될 실제 확률은 8,145,060에서 9를 빼고 계산된 $\frac{1}{8,145,051}$이 되고, 10만 원어치 즉, 100게임 구매한 사람의 100번째 게임이 1등에 당첨될 실제 확률은 8,145,060에서 99를 빼고 계산된 $\frac{1}{8,144,951}$에 불과하다.

따라서 145,060(8,145,060 - 8,000,000) 게임 즉, 일억 사천오백육만 원 이상 구입하지 않으면 실제 당첨될 확률은

8백만 분의 1보다 작다. 결국 로또를 아무리 많이 구입해도 실제 당첨 확률에는 변화가 거의 없다는 의미이다.

'아~, 숫자를 많이 따지다 보니 머리가 지끈거리기는 하다!'

아내는 아주 드물게 로또를 구입한다. 딱 한 게임1000원만. 그러면 나는 '천 원어치가 뭐냐'며 헛웃음을 내뱉고 만다. 그때마다 아내가 하는 말이 있다.

"당첨될 사람은 한 장만 구입해도 당첨되지만, 아무리 많이 구입해도 당첨되지 않을 사람은 당첨되지 않을 건데요, 뭘~."

아내가 확률의 실제적인 의미를 이해하고 하는 말인지는 모르겠지만 어쩌면 아내가 현명한지도 모르겠다.

이런 당첨 확률의 희박함과 확률의 함정을 알면서도 나는 매주 로또를 구입한다. 다섯 게임씩. 즉, 오천 원씩.

오천 원을 투자해서 일주일 동안 즐거운 상상을 할 수 있기에 그 즐거움에 대한 기회 비용경제적 행위에서 선택의 대가로 지불해야 하는 비용을 지불한다는 기분으로 구입한다.

하지만 그 즐거움으로 지불한 금액도 십오 년 동안 약 사백만 원에 달한다는 걸 생각하면 아쉽기도 하다. 그 돈을 저축했다면 원금만으로도 쏠쏠하게 쓸 수 있을 텐데!

그럼에도 불구하고 앞으로도 계속 로또를 구입할 것 같다. 판도라의 상자에 마지막으로 남아 있던 희망처럼, 희망이 없는 것보다는 막연한 희망이라도 있는 것이 좋으니까!

로또Lotto

ㅣ

생

각

바

꾸

기

.

어느 날 친구들과 로또에 대한 이야기를 하게 됐다. 친구 A가 불평했다.

"아니, 도대체 나는 왜 로또에 당첨되지 않는 거야? 매주 당첨되는 사람이 여러 명씩 나오는데 말이야!"

그러자 옆에 있던 친구 B가 자신의 이야기를 말해줬다.

"나도 처음에는 당첨이 안 된다는 사실에 화가 나더라고. 그런데 어느 날 로또를 사기 위해 내가 낸 돈이 누군가를 행복하게 만든다는 생각이 불현듯 들더라. 그래서 그 이후로는 로또 구입하는 걸 기부하는 일이라 생각하기로 했어. 그랬더니 마음이 편안해지면서 불평이 사라지더라."

친구 C의 불평은 좀 더 구체적이었다. 돌아가신 아버지께서 힘든 자신을 좀 보살펴 주신다면 자신에게도 행운이 올 텐데 그렇지 못하다면서 투덜댔다. 그러자 친구 B가 말했다.

"야~, 돌아가신 아버지들이 어디 한두 분이겠냐? 네 아버지도 순서를 기다리셔야 할 거 아니야!"

'빵이요~' 하면서 옥수수가 튀어 오르듯 친구들 모두

웃음이 빵 터지고 말았다.

　모든 것은 생각하기 나름이다. 불평과 불만도 생각을
바꾸면 여유의 불쏘시개로 사용할 수 있다. 함민복 시인
의 시 한 구절이 떠오른다.

　　　시(詩) 한 편에 삼만 원이면
　　　너무 박하다 싶다가도
　　　쌀이 두 말인데 생각하면
　　　금방 마음이 따뜻한 밥이 되네.
　　　(중략)
　　　시집이 한 권 팔리면
　　　내게 삼백 원이 돌아온다
　　　박리다 싶다가도
　　　굵은 소금이 한 됫박인데 생각하면
　　　푸른 바다처럼 상할 마음 하나 없네.
　　　　　　　　　　　　　－〈긍정적인 밥〉, 함민복

뽀빠이가

되고픈

몸뚱아리

'상전벽해桑田碧海'라는 말이 있다.

'뽕나무 밭이 변하여 푸른 바다가 된다'는 뜻으로, 몰라볼 정도로 완전히 바뀌었다는 의미를 갖고 있는 말이다.

석유 냄새 나는 식물이 있다. 이름하여 미나리.

젊었을 적에는 그 석유 냄새가 싫어서 미나리를 먹지 않았다. 그런데 언제부터인지 미나리의 진한 향, 그 석유

향이 좋게 느껴지기 시작했고, 지금은 그 향 때문에 미나리를 찾는다.

'상전벽해桑田碧海'라는 말을 여기 쓴다면 적절치 않은 비유라고 지적하는 이도 있겠지만, 미나리에 대한 내 입맛의 변화만 놓고 보면 상전벽해桑田碧海가 꼭 틀린 말은 아니다.

비슷한 예가 있다. 친구의 이야기다.

녀석은 젊었을 때 갈치조림보다 구이를 더 좋아했다고 한다. 조림의 비릿한 느낌보다 구이의 바삭한 느낌이 더 좋았다나. 그런데 지금 완전히 바뀌었단다. 갈치 구이도 좋기는 하지만 조림이 훨씬 맛있다고 한다.

한 가지 더.

녀석은 젊었을 적 고기를 무척 좋아했다고 한다. 한창 때는 고깃집에서 4인분을 먹을 정도였다니까. 그런 녀석이 전설적인 사건(?)이라며 들려준 이야기가 있다.

삼성역 부근에 '토다이'라는 해산물 뷔페가 있다. 해산물 뷔페이지만 한때 특별 메뉴로 쇠고기 스테이크를 손바닥만 한 크기로 제공했다고 한다. 녀석이 가족과 같이 그

곳에서 식사를 하게 됐는데 자기는 다른 것은 아무 것도 손대지 않고 스테이크만 먹었다고 한다. 일곱 덩어리나!

그렇게 먹는 자기를 보면서 아들과 주고받은 대화란다.

"아버지, 괜찮으세요? 너무 많이 드시는 거 아니에요?"

"괜찮아. 대신 다른 것은 아무 것도 안 먹었잖아!"

이 야기기가 끝이라면 굳이 그 친구의 경험을 소개할 필요도 없었을 것이다. 그 친구 이야기가 별난 것은 다음 말 때문이다.

"그런데 서운한 게 뭔지 알아? 오비이락烏飛梨落이라는 말 있잖아. 까마귀 날자 배 떨어진다는 말. 한 달인가 두 달 뒤에 그곳에 다시 갔더니 스테이크를 조각내서 제공하더라니까. 꼭 나 때문에 그런 것처럼. 괜히 찜찜하더라고."

그렇게 고기를 밝히던 친구가 요즘은 고기보다 야채가 좋다고 한다. 야채의 아삭한 식감과 상큼함이 좋다나!

젊어서 싫어하던 음식들이 나이가 들면서 좋아지는 이유는 대체 뭘까?

곰곰 생각해보면 세월의 무게와 관련이 있는 것 같다.

세월이 어깨 위에 한 층 한 층 쌓일수록 그 무게를 버티기 위해 몸이 필요로 하는 음식이 달라지는 것 같다.

어릴 적 어머니께서 몸에 좋다고 그렇게 먹으라고 하셨지만 기어코 먹지 않았던 시금치, 그 시금치가 나이가 들면서 좋아지기 시작해 지금은 입에 쏙쏙 들어온다. 연약한 올리브를 구하기 위해 시금치를 먹고 울퉁불퉁한 알통을 가진 뽀빠이가 되고 싶은 사람처럼.

이 역시 어깨에 쌓이는 세월의 무게를 견디기 위한 몸의 자율반응이 아닌가 싶다. 몸이란 놈이 자기 상태에 따라 필요한 영양소를 유효적절하게 자석처럼 잡아당기는 것 같다.

흔히들 말한다. 나이가 들면 입맛이 변한다고. 몸이 나이에 맞게 알아서 명령하는 것 같다. 지금 당신의 상태에서는 이 음식이 필요하다고.

사람들이 먹는 음식을 보며 가끔 떠올린다.

"저 사람의 몸은 지금 저 음식을 필요로 하는가 보다."

작은 녀석은 태어난 지 백일쯤 될 때부터 간이 좋지 않아 병원에서 생활했다. 백일과 첫돌을 종합병원에서 맞이했다. 당시 녀석의 병명은 서울대학교병원에서도 알지 못했다. 담당 교수는 말했다.

"사실 이 애가 어떻게 살아있는지 죄송하지만 저희도 알 수 없습니다. 이 애의 검사 결과는 소아병동에서 제일 안 좋습니다. 이 결과라면 벌써……."

어느 날 담당 교수가 회진한 후 돌아가면서 주치의에게 하는 이야기를 우연치 않게 들었다.

"이 애는 며칠 못 갈 테니 긴장들 하시고 잘 지켜보세요."

그 이야기를 듣던 순간 하늘이 노랗고 아무 말도 할 수 없었다. 녀석을 돌보고 있는 아내에게는 이 말을 할 수도 없었다. 하루 하루를 맘 졸이며 지켜보고 있었다.

그런데 며칠이 지나도 아무 소식이 없었고, 몇 달 뒤에는 많이 회복되어 퇴원했다. 녀석은 지금도 건강하게 잘 지내고 있다.

당시 담당교수가 말했다.

"현대 의학으로는 설명할 수 없습니다. 다만 이 아이가 살아있는 것은 잘 먹고, 잘 놀고, 잘 자기 때문인 것 같습니다."

그 이후로도 둘째는 몸에 좋다는 음식, 어린이들이 좋아하지 않고 어른들이 좋아하는 음식을 잘 먹었다. 아마 녀석의 몸이 삶과 죽음의 경계선에서 삶 쪽으로 이동하기 위해 몸부림친 노력의 흔적이 아닌가 싶다.

좋아하는 것은

감출 수 없다

배가 부르다고 하면서 후식으로 케이크나 과일 등을 먹는 사람들이 많다. 그런 장면에서 주고받는 익숙한 대화가 있다.

"배가 부르다면서 어떻게 빵이 또 들어가요?"

"밥 배와 빵 배는 다르잖아요!"

또, 배가 부르다고 하면서 술을 계속 마시는 사람도 있다. 그래서 묻는다.

"배가 부르다며 어떻게 술이 계속 들어가요?"

역시 익숙한 답변이 툭 튀어나온다.

"술 배는 따로 있잖아요!"

어느 날 TV에서 놀라운 장면을 보게 됐다. 식사 후 배가 불러서 더 이상 음식을 먹지 못하는 사람의 위 투시 영상을 보여주었다. 그 사람의 위에는 음식물이 꽉 차 있었다.

그런데 거짓말 같은 일이 일어났다. 그 사람이 좋아하는 회 무침을 보여주자 똬리 틀고 있던 뱀이 먹이를 잡기 위해 꿈틀거리듯 위가 저절로 움직이기 시작했다. 위속에 꽉 차있던 음식물을 한쪽으로 밀어내면서 새로운 음식이 들어갈 공간을 만드는 것이었다.

'허걱! 어떻게 저런 일이…….'

배부르다면서 더 이상 음식을 먹지 못하던 남자는 회무침을 보자 언제 그런 소리를 했냐는 듯 눈을 반짝이며 회를 흡입하기 시작했다. 자기가 좋아하는 것에 대해 본인의 의지와 관계없이 위가, 몸이 반응한 것이다. '밥 배와 빵 배가 따로 있다'는 말은 사실이었다.

'낭중지추囊中之錐'라는 말이 있다.

'주머니 속의 송곳'이란 뜻으로, 끝이 뾰족한 송곳은 주머니에 넣어도 결국 옷을 뚫고 나오게 된다. 이처럼 재능이 있는 사람은 재능을 숨기고 살아도 다른 사람의 눈에 저절로 드러난다는 것을 말할 때 사용하는데, 이에 빗대어 말하고 싶다.

'좋아하는 것은 감출 수 없다. 몸이 저절로 반응하니까.'

술, 그리고 물

"술에 취해 기억이 안 나"

　하루가 멀다 하고 뉴스를 장식하는 사건·사고 중 가장
많이 등장하는 소재 중 하나가 술과 관련된 사고일지도
모른다.

　술 마시는 사람이라면 누구나 전날의 과음으로 인해
다음 날 활동에 지장을 받은 경험이 한두 번쯤은 있었을 것이다. 어쩌면 자주.

신이 사람에게 부여한 축복 중 한 가지가 술이라는데, 술이 왜 이렇게 우리들을 힘들게 하는지 모르겠다. 술이 축복으로만 남을 수 있게 하는 방법은 없을까?

어느 날 TV에서 물의 효과를 알아보기 위한 실험을 시청하게 됐다. 한 연구팀이 이십 명의 사람들을 대상으로 공포영화를 보여준 다음 그들의 혈액을 채취해 스트레스 지수를 확인했다. 실험 대상 모두 비슷한 결과가 나왔다.

다음으로 실험 참여자를 각각 열 명씩 '실험군'과 '대조군' 두 그룹으로 구분하였고, 실험군에 속한 참여자들에게는 매일 1.8리터의 생수를 일주일 동안 마시게 했다.

취재팀에서는 실험군의 참여자들을 밀착 취재했다. 참여자들은 하루에 1.8리터의 물을 마시는 것이 고역苦役이라면서 쉬운 일이 아니라며 힘들어했다.

일주일 후 실험군과 대조군 참여자들을 다시 모이게 한 후 1차와 다른 공포 영화를 보여주었다. 그리고 다시 혈액을 채취하여 스트레스 지수를 측정했다.

실험 결과 대조군 사람들은 1차 측정 때와 비슷한 결과를 나타냈지만, 매일 1.8리터의 물을 마신 실험군 참여자들의 스트레스 지수는 1주일 전에 비해 확연히 낮아졌다.

연구팀 참여 교수는 물이 스트레스를 낮춰준다는 이야기와 함께 물의 중요성을 알려줬다.

"우리 몸은 물을 제외한 모든 액체를 이물질로 여깁니다. 이를 희석하기 위해서는 마신 액체의 세 배 정도 물을 마셔줘야 합니다. 예를 들어 커피 한 잔을 마시면 석 잔의 물을 마셔야 커피의 유해성분이 빠져나간다는 의미죠"

나는 내 몸을 마루타로 삼아 연구팀의 이론을 직접 확인해보기로 했다. 술을 마시면서 마신 양의 세 배 이상의 물을 마셨을 때 어떤 변화가 있는지 알아보기로 한 것이다.

테스트 결과 확연히 나타나는 차이가 있었다. 술기운이 천천히 오르고 적당한 취기를 계속 유지할 수 있었다. 그리고 무엇보다 아침에 머리가 무겁거나 속이 불편한 숙취현상이 거짓말처럼 사라졌다.

술과 함께 마시는 물의 효과를 직접 확인한 후에는, 아르키메데스가 목욕을 하다가 알몸인 채 거리로 달려 나가 "유레카!"알이냈디!를 외쳤듯 물 전도사가 되었다.

'술술' 잘 들어간다고 해서 술이라고 한다. 술은 우리와 떼려야 뗄 수 없는 관계를 갖고 있다. 하지만 그런 술이 사람에게 독이 되기도 한다. 몸을 힘들게 하고, 정신도 힘들게 한다. 또 가족과 이웃을 힘들게 만들기도 한다.

물 안주를 통해 술이 독이 되는 것을 사라지게 할 수는 없을까?

[부언]

3대 중병에 관한 우스갯소리가 있다.

밥 먹고 배부르면 중병이요,
밤샘했다고 잠이 오면 중병이며,
술 마시고 취하는 것도 중병이라네!

가
치
는

희귀성에 있다

　〈미스 트롯〉이라는 프로그램을 통해 송가인이라는 가
수가 일약 스타덤에 올랐다. 아마 사회의 어느 분야를 막
론하고 이 가수처럼 짧은 시간에 온 국민에게 인지된 사
람은 드물 것이다.

　〈미스 트롯〉의 성공에 힘입어 〈미스터 트롯〉이라는 프
로그램이 바통을 이었고, 나이와 직업을 불문하고 기성

가수와 재야의 고수들이 총출동했다.

직장인들을 대상으로 한 순서였다. 이미 〈미스 트롯〉을 통해 이런 프로그램의 위력을 실감해서인지, 자신을 알릴 수 있는 좋은 기회라고 생각한 사람들이 자신만의 방식으로 끼를 흠뻑 발휘했다.

1975년 방영된 장편 TV 만화영화 〈마징가 Z제트〉에 나오는 '반남반녀半男半女 아수라 백작'의 분장을 통해 남녀 목소리를 오가며 노래를 부른 출연자, 우리나라 마술계를 유명 마술사 두 사람이은결, 최현우이 다 해먹는다고 하면서 같이 나눠먹자며 마술과 함께 노래를 부른 출연자, 세계 태권도 선수권 대회에서 1위를 한 실력자로 태권도와 공중회전을 하면서 노래를 부르는 출연자 등이 시청자의 눈과 귀를 한껏 호강시켰다.

그런데 다음 출연자는 아무런 장기 없이 노래만 불렀다.

'아~, 이제 노래만 가지고는 자신을 알릴 수 없을 텐데!'

아프리카에서 갈기가 풍성한 커다란 수사자 앞에 놓여 있는 얼룩말 새끼를 볼 때 나오는 탄식처럼 나도 모르게 입에서 염려가 새어나왔다.

하지만 기우였다. 외눈 나라에서는 두 눈 가진 사람이 특이한 사람이고, 황금 나라에서는 돌멩이가 가장 귀하다는 말이 있다. 노래 이외의 현란한 재능을 발휘한 사람들 가운데 덤덤하게 노래로 승부하니 오히려 그것이 더 가슴에 와닿았고, 새롭게 느껴졌다. 세상엔 특별하지 않아서 더 특별한 것이 있는가 보다.

'가치는 희귀성에 있다.'

서울교육대학교 총장 임채성 박사는 취임사에서 두 가
지 버전의 '하하하'를 피력했다. 먼저 행복 버전 '하하하'
이다.

　사람이 행복하려면

　하고 싶은 것을 해야 하고,

　하고 싶을 때 해야 하며,

　하고 싶은 사람과 해야 한다.

이 취임사를 보면서 사람의 중요성을 강조하셨던 고등학교 은사님의 말씀이 오버랩 됐다.

"여행의 재미를 결정하는 것은 어디를 가느냐가 아니고 누구와 가느냐이며, 음식의 맛을 결정하는 것 또한 무엇을 먹느냐보다는 누구와 먹느냐이다."

그리운 장소와 그리운 맛은 그리운 기억을 불러낸다. 세월이 흐른 뒤 그리움을 느낄 수 있다는 것은 그 당시가 행복했기 때문이며, 행복이 그리움으로 남을 수 있는 것은 그것을 같이 공유한 이가 있기 때문이리라.

음식의 맛을 보며 과거를 떠올린다는 건, 또 여행지에서 과거가 떠오른다는 건 함께했던 이와의 추억을 그리워하는 건지도 모른다.

'하고 싶은 것'을 '하고 싶을 때' 할 수 있다는 것은 축복이다. 하지만 그 축복도 '같이 하고 싶은 사람'과 할 수 있을 때 완성되는 것 같다.

임채성 박사가 말한 두 번째 버전은 교육 버전 '하하하'이다. 난 이 대목에서 '교육 버전'을 '사람 버전'으로 바꾸어 보았다.

사람을 세 가지 유형으로 분류할 수 있다.

첫째, 하라는 것도 못 하는 사람,

둘째, 하라는 것만 하는 사람

셋째, 하라는 것 이상 하는 사람

첫 번째 유형의 사람은 가장 먼저 도태될 것이기에 논외로 한다면, 두 번째 유형이 가장 일반적인 유형이다.

하지만 현실로 다가온 인공지능AI 세상에서는 인공지능이 그런 유형의 일을 훨씬 잘할 것이다. 따라서 앞으로는 세 번째 유형, '하라는 것 이상 알아서 하는 사람', '창의적인 사람'이 필요하고 그런 사람이 살아남을 수 있다고 그는 말하고 있다.

사실 눈이 아플 정도로 핑핑 돌아가고 빠르게 변하는 현대 사회에서, 하라는 만큼만 하면서 살아가는 것도 쉬운 일은 아니다. 그만큼 속해있는 조직이나 사회가 요구하는 것이 많기 때문이다.

그럼에도 불구하고 살아남기 위해서는 그 이상을 해야 한다는, 어쩌면 너무 당연한 임 총장의 말이 마음 한 구석에 묵직하게 자리 잡는다.

오랜 전에 나왔던 자동차 광고이다.

한 운전자가 엘란트라를 타고 독일의 아우토반속도 제한이 없는 고속도로를 굉음을 내면서 달린다. '윙~' 하면서 엘란트라가 달리는 장면이 10여 초간 보인다.

엘란트라가 옆 차선의 포르쉐를 추월하자 포르쉐 운전자가 승부욕을 느껴 엘란트라를 따라잡기 위해 속력을 낸다. 엘란트라 운전자는 포르쉐가 자기를 앞지르려고 하자 차의 속력을 높인다. 두 차는 서로 경쟁한다.

엘란트라가 포르쉐와 함께 질주하는 장면이 굉음과 함께 클로즈업된다. 남자의 묵직한 저음이 흘러나온다.

"아우토반,   속도는 무제한.   성능은 최대한."

두 차의 질주가 계속 이어지면서 나오는 멘트.

"세계의 명차와 함께 달린다."

포르쉐는 결국 엘란트라를 앞지르지 못한다. 질주가 끝난 후 엘란트라 운전자가 엄지손가락을 '척' 내보인다. 그러면서 또다시 날아오는 남자의 묵직한 멘트!

"고성능 엘란트라!"

당시 이 광고는 선풍적인 인기를 끌었고 나도 이 광고에 흠뻑 빠져 엘란트라를 구입했다. 제품의 광고에 별로 관심이 없던 나조차도 광고의 힘을 무시할 수 없었다. 게다가 사람들과 자동차 이야기를 하게 되면 엄지를 '척' 내세우면서 "내 차는 고성능 엘란트라!"라는 동작과 멘트 하나로 분위기를 단번에 제압하곤 했다.

살아가기 위해 공기를 들이마시는 것처럼 광고는 현대인의 삶에서 떼려야 뗄 수 없는 일부분이 된 지 오래이다.

각종 광고에 출연하는 모델은 누구나 알 수 있는 유명 연예인인 경우가 대부분이다. 그 시대 최고의 연예인은 아침 눈 뜨면서부터 잠들 때까지 사용하는 모든 제품의 광고에 출연하기도 한다. 게다가 광고 한 편당 지불되는 모델료도 일반인으로서는 상상할 수 없을 정도의 고액이다.

'기업에서는 왜 그리 비싼 모델료를 주고 모델을 고용할까?'
'광고의 핵심은 제품을 홍보하는 것인데 저렴한 모델을 사용하면서 제품 홍보에 더 신경 쓰면 좋지 않을까?'
누구나 한번쯤은 생각해 봤음직한 궁금증이다.

광고에 유명 모델을 사용하는 이유는 사람의 심리를 이용한 마케팅이라고 한다. 사람들은 사회적으로 성공한 사람이 사용하는 제품을 좋은 것으로 판단하는 경향이 있다고 한다.
유명 연예인사회적으로 성공한 연예인이 광고에 출연하면 그 모델이 사용하는 제품도 우수한 것으로 판단하여 구입하고픈 충동을 느낀다는 것이다. 여기에 모델과 자신을 동일시하고픈 욕망도 있다고 한다. 이런 이유로 광고

주들이 고액을 들여서라도 유명인 모델을 고용하는 것이라고 한다.

이런 현상은 일상에서 어렵지 않게 관찰된다. 재벌가 셀럽celebrity, '유명인'의 줄임말이 매스컴에 나오면 사건의 본질과 관계없이 그 셀럽이 착용한 옷, 가방, 신발, 액세서리 등의 판매가 급격히 늘어나곤 한다. 경제적 상류층이 사용하는 것은 좋은 것이라는 인식 때문에.

한 번은 소파를 구입하기 위해 아내와 같이 가구단지를 찾았다. 강아지가 자기 꼬리를 물기 위해 뱅뱅 빙빙이를 도는 것처럼 여러 가게를 돌고 돌아 드디어 아내 마음에 드는 소파를 찾았다. 패브릭 소파천 재질로 된 소파로 디자인이 새로웠다.

아내가 그 소파에 관심을 갖자 매장 사장님은 '사모님의 감각이 좋다'느니, '눈이 높다'느니 하면서 입에 발린 칭찬으로 구매 욕구를 자극했다. 아내는 마음에 들어 하며 나에게 의견을 물었다.

하지만 내가 천용으로 된 재질이라 청결 유지와 청소 문제의 어려움을 거론하자 아내도 그 부분이 마음에 걸렸는지 고민하기 시작했다.

옆에서 우리 대화를 듣던 사장님은 매출이 일어나지 않을 것으로 판단했는지, 어스름한 저녁 무렵 송사리가 수면에서 '촉촉' 소리를 내며 튀어 오르듯 침을 튀겨가며 광고하기 시작했다.

"이 제품은 강남 청담동 사람들이 쓰는 제품입니다. 그 사람들이 어떤 사람들입니까? 고급 제품 아니면 사용하지 않는 사람들입니다."

이 말을 대여섯 번 이상 반복하면서 구매 욕구를 자극하고자 했다.

하지만 청담동 사람들이 사용한다는 사장님의 계속된 압박성 광고는 오히려 거부감을 불러일으켰다.

'그들이 사용한다고 해서 고민하는 부분을 고려하지 않아도 된다는 말인가?'

'과유불급過猶不及'이었다.

비록 많은 사람들이 성공한 사람을 따라 하려는 성향이 있다고 하더라도, 자신의 상황에서 가능한 것만 한다.

자신의 상황을 고려하지 않고 무작정 따라 하는 사람은 많지 않다.

그 사장님은 매출을 일으키려는 욕심이 앞서 고객의 고민에 공감하지 못했던 것이다. 결국 그 사장님은 매출을 일으키지 못했다.

광고를 볼 때마다 심심치 않게 이 경험이 떠오르곤 한다.

그러면서 생각한다. 유명한 모델이 나오는 광고가 좋은 광고가 아니라, 공감을 일으키는 광고가 좋은 광고라고.

본
인
의
책
임

　함께 암벽등반하다 추락사한 동료에 대한 과실 치사
혐의가 무죄 판결을 받았다는 뉴스를 접했다. 담당 판사
는 '사망자가 사고 직전 그 위험성을 알고 있었거나 충
분히 예견할 수 있었음에도 돌발적 행동을 해서 사고를
당했다면 동료의 과실치사죄가 성립하지 않는다'라고
하였다.

이 뉴스를 접하는 순간 오래전 기억 하나가 주마등처럼 스쳐지나갔다.

젊었을 적 친구와 함께 부산의 명소인 태종대에 갔다. 태풍 홀리1984년 발생한 1등급 태풍가 온다는 예보에 관광객의 입장을 제한했다. 조금만 늦게 도착했더라면 못 들어갈 뻔했다.

자살바위가 있는 전망대에서 태풍의 바람을 충분히 실감한 후 절벽에 설치된 계단을 따라 아래로 내려갔다. 절벽 중턱 바다 쪽 가장자리에 간이 상점이 있었다.20여 년 후 두 아들과 함께 다시 가 보았을 때 그 간이 상점은 커다란 건물로 바뀌었다.

친구와 맥주를 마셨다. 맥주를 마실 때 바다 쪽에 나 있는 상점의 유리창에 파도가 철썩철썩 부딪히는데 그 몽환적 분위기가 가히 일품이었다.

"사장님, 상점이 수면에서 얼마나 떨어져 있기에 파도가 유리창에 부딪히죠?"

"이 가게는 해수면에서 40m 높이에 있어요. 파도가 유리창을 때리는 것이 아니고 절벽 중간에 부딪힌 파도가 튀어서 그 바닷물이 부딪히는 거예요. 아무리 큰 태풍이 와도 파도가 사십 미터 절벽을 넘은 적은 없어요."

사장님의 말에 고개를 끄덕였다.

우리는 맥주를 한 병씩 마신 후 간이 상점에서 나왔다. 그리고 절벽을 따라 넓은 공간이 있는 신선바위 쪽으로 이동했다.

보통 바닷가에 가면 사람들이 바다 쪽 절벽 끝부분에서 바다를 구경하는데, 그날은 태풍으로 바닷물이 절벽 위까지 튀었기 때문에 물이 닿지 않는 뒤쪽에서 구경했다. 우리는 절벽 가장자리에 걸터앉았다. 나는 산을 등지고, 친구는 바다를 등지며 앉았다.

절벽 아래는 태풍에 의해 파도가 거칠게 몰아치고 있었다. 그럼에도 둘이 절벽에 걸터앉을 수 있었던 이유는 간이 상점 사장님의 말 때문이었다.

'아무리 큰 태풍이 와도 파도가 40m를 넘은 적이 없어요.'

즉, 파도에 휩쓸릴 위험은 없다고 판단했기 때문이다.

그곳에 걸터앉아서 이런저런 이야기를 하고 있는데 갑자기 친구 등 뒤가 하얗게 변했다. 대화 내내 보이던 친구 뒤쪽의 색은 바다색인 짙은 파란색 또는 초록색이었는데……. 갑자기 큰 파도가 만들어져 40m 절벽을 덮치면서 녀석의 등 뒤가 하얗게 변한 것이다.

"엎드려~어~!"

그 하얀색을 보자마자 나는 순식간에 소리치며 몸을 숙여 바위를 꽉 잡았다. 친구도 내 고함과 동시에 몸을 엎드리면서 앞에 있는 바위를 꽉 잡았다.

그 순간 40m를 넘는 파도가 둘을 덮쳤다. 파도 힘에 의해 몸이 절벽 아래쪽으로 '휘청' 하면서 쏠렸다. 다행히 둘이 잡은 바위가 매끄럽지 않고 거칠었던 덕분에 꽉 잡은 손이 미끄러지지 않고 버틸 수 있었다.

파도를 뒤집어쓴 우리는 공포에 질렸다. 엉금엉금 기어서 절벽 가장자리로부터 벗어난 후 일어섰다. 온몸은 바다에 빠졌다 건져진 사람처럼 완전히 바닷물에 젖어 있었다.

'40m를 넘는 큰 파도에 휩쓸려 절벽 아래로 떨어져 죽을 뻔했다니……'

공포 그 자체를 느꼈다. 그때 느꼈던 공포란…….

서 있는 상태에서 두 팔을 축 늘어뜨리고 있었는데 얼마나 무서웠는지 온몸이 심하게 '덜덜덜' 떨리고 있었다. 그런 떨림은 지금까지도 경험해본 적이 없다.

다른 관광객들은 절벽 뒤쪽에서 이 상황을 구경하고 있었다. 너무 순간적으로 일어난 일이라 그 사람들도 '앗' 소리 못 하고 바라볼 수밖에 없었다.

그렇게 선 채로 떨고 있는데 갑자기 자존심이 상했다.

'건장한 사내가 무서워서 몸을 덜덜 떨고 있다니⋯⋯.'

그래서 친구에게 말했다.

"야, 이렇게 떨고 있는 게 괜히 자존심 상하는데, 우리 그 자리에 다시 한 번 앉아볼래?"

"미쳤냐? 죽으려고! 난 못 해. 하려면 너나 해."

녀석은 못 볼 것을 본 사람처럼 어이없어하며 나를 바라봤다.

무슨 객기였는지 나는 그 자리에 다시 한 번 앉아봐야겠다고 생각했다. 그래서 배낭을 벗고 엉금엉금 기어서 그 자리에 다시 앉기는 했지만 두려움에 바로 다시 돌아왔다.

앞에서 사고 직전 그 위험성을 알고 있었거나 충분히 예견할 수 있었음에도 돌발적 행동을 해서 사고를 당했다면 결국 본인의 책임이라는 판사의 말이 딱 들어맞는 경우이다. 그 일 이후 당시 상황이 떠오르면 나에게 꼭 하는 말이 있다.

'이 사람아~, 무슨 쓸데없는 객기를 부렸나? 자연 앞에서 겸손해야지!'

[부언]

지난달 태종대를 다시 찾아갈 기회가 있었다. 죽을 뻔했던 당시의 추억이 생각나 신선바위 절벽에 다시 한 번 가 보고자 했다. 그런데 사람이 출입할 수 없도록 철문이 설치되어 있었다. 지진이 발생할 때 낙석의 위험이 있다고 해서 2017년부터 신선바위 쪽으로 출입을 금지시킨다는 팻말이 붙어있었다.

당시를 회상하며 다시 한 번 그 자리를 확인해보려고 했는데 그러지 못했다. 몹시 아쉬웠다.

003

풀
잎
의
　노
　래

정제의 어려움
精製

드라마 〈블랙독〉의 한 장면이다. 따돌림을 당하고 있는 주인공에게 그나마 말을 걸어주던 동료가 직장을 떠나게 됐다. 그녀가 선물해준 책갈피에 눈을 사로잡는 문구가 있었다.

'밉게 보면 잡초 아닌 풀 없고, 곱게 보면 꽃이 아닌 사람 없다.'

암반 사이를 솟아오르는 순수한 지하수처럼 마음을 맑게 하고, 무더운 여름에 불어오는 시원한 바람처럼 청량감을 안겨주는 문구였다.

왠지 시의 한 구절일 것 같았다. 시간이 지나면 잊힐까봐 바로 인터넷을 검색했다. '역시나'였다.

밉게 보면 잡초 아닌 풀이 없고,

곱게 보면 꽃 아닌 사람이 없으되

내가 잡초 되기 싫으니

그대를 꽃으로 볼 일이로다

(중략)

마음이 아름다운 자여

그대 그 향기에 세상이 아름다워라

— 〈마음이 아름다우니 세상이 아름워라〉, 이채

시를 모르던 사람이, 시를 얕잡던(?) 사람이 글을 쓰면서 시를 다시 보게 됐다. 시간과 드잡이 해가며 쓰고 지우기를 반복하고, 단어를 고르고 고치면서, 글을 정제하는 것이 얼마나 힘든 일인지 알게 됐다. 또 절제된 표현과 문장으로 전달하고자 하는 것을 전달하는 것이 얼마나 어려운 일인지, 경험한 후에야 비로소 알게 됐다.

우리의 삶도 그리하리라. 자기 피아르PR 시대이기에 자신을 알리기 위한 다양한 방법들이 홍수에 제방을 타고 넘는 강물처럼 넘쳐난다. 하지만 절제되고 정제된 결과물을 찾기란 생각만큼 쉽지 않다.

절제한다는 것은, 또 정제한다는 것은 자신을 지우고, 갈고, 닦아야만 가능한 것이기에.

천천히 보면

다른 게 보인다

SRT를 타고 부산에 갔다. 두 시간 반 만에 도착했다. 별로 지루한 느낌도 없었다. 승차감도 좋아서 편안히 잠도 자고, 책도 읽을 수 있었다. 과학기술의 발달이 우리 생활을 편하게 해주는 것은 분명한 것 같다.

하지만 받는 것이 있으면 주어야 하는 것이 있고, 얻는 것이 있으면 잃는 것도 있는 것이 세상의 이치다.

SRT는 우리에게 시간 단축과 편안함을 가져다 준 반면 여행의 낭만은 가져가 벼렸다. 흔들리는 열차에 몸을 맡기고 차창 밖에 펼쳐지는 풍경을 감상하는, 여행의 맛을 느끼게 해주는 그런 정취는 많이 사라졌다.

여행의 재미란 아무래도 새로운 풍광과 새로운 사람을 만남으로써 일상에서 벗어나는 것이다. 특히 여행지로 가는 과정에서 펼쳐지는 풍경은 여행에 대한 기대와 설렘을 더 키워준다.

어느 겨울 노르웨이에서 산악열차를 탔을 때다. 지구 북쪽에 위치한 그 나라의 겨울 산은 눈의 나라 그 자체였다. 주변이 온통 눈으로 쌓인 그곳을 흔들리는 열차의 차창을 통해 바라보노라니 영화 〈겨울왕국〉의 주인공 엘사가 사방팔방으로 손을 뻗어 눈과 얼음을 뿜어댄 것 같았다.

열차의 속도가 빠르지 않아 그 풍경에 동화될 수 있었다. 그곳을 SRT와 같은 속도로 지나갔다면 어땠을까?

뭐든 천천히, 자세히 보면 다른 게 보이는 것 같다. 버스를 타고 한남대교를 건너며 바라보게 되는, 햇빛이 반사되는 한강만 해도 그렇다. 흘러가는 것이 물만이 아니다. 햇빛도 얹혀 있고, 바람도 실려 있고, 강물에 비친 하늘도 흘러간다.

빨리 흘러가는 것에만 집착하느라 정작 가치 있는 것을 바라보지 못하고 사는 것은 아닐까. 두 눈이 확 떠지는 무언가를 발견하지 못하는 게 아니라, 스스로 눈을 감고 살아가는 것은 아닐까.

느림은 그 나름대로의 미학을 갖고 있다. 바쁘게 돌아가는 세상의 톱니바퀴에 맞물려 무엇을 위해 살아가는지 잊고 있지는 않은지!

가끔은 거북이처럼 느린 걸음을 내딛으면서 주위를 둘러보자. 그러면 인생의 바다에서 숨겨진 보물을 찾을 수 있지 않을까, 생각해본다.

[부언]

버스를 타고 지나가다 본, 주유소에 걸려 있는 현수막 문구가 유독 마음에 와 닿는다.

'천천히 가다 보면 사람이 보입니다.'

긴 밤 지새우고 풀잎마다 맺힌

진주보다 더 고~운 아침이슬처럼

　현대사에서 국민들의 시름과 애환을 달래주고, 희망
과 용기를 북돋아준, 7080 가수들에 대해 다룬 프로그
램, EBS의 〈싱어즈〉에서 양희은 편을 우연히 시청하게
되었다.

한때 많은 이들의 가슴에 먹먹함을 안겨주었던 가요 〈아침이슬〉은 김민기 씨가 작사·작곡한 곡으로 1971년 양희은 씨의 제1집 앨범에 수록된 곡이다. 그 후 1975년 유신 정부의 긴급조치 9호에 의해 금지곡으로 선정되었는데, 금지된 2천여 곡의 노래 중 유일하게 선정 이유가 없었다고 한다.

그녀의 여러 노래에 대한 배경과 의미를 이야기하는 순서였다. 그 중 〈아침이슬〉에 대한 양희은 씨 자신의 생각을 들을 수 있었다.

당시 아침이슬이 사람들에게 주었던 시대적 의미와 달리 양희은 씨는 시대 의미를 생각할 형편이 못 되었다고 한다. 그냥 먹고 살기 위해 노래했고, 그냥 그 노래가 좋아서 불렀다고 한다. 그런데 사람들이 나름의 의미를 부여했다고 한다. 그러면서 그녀는 곡에 대한 해석은 해석하는 사람의 몫이라고 했다. 그녀의 솔직한 고백이 오히려 가슴에 와 닿았다.

진행자가 그녀에게 가요 〈아침이슬〉의 주인이 누구냐고 물었고, 구체적으로 '국민'이냐고 물었다. 그때 나온 양희은 씨의 답변은 내게 깊은 감동을 주었다.

"국민이요? 저는 그렇게 생각하지 않아요. 그 노래의 주인은 그 노래를 좋아하는 사람이라고 생각해요."

'국민 전체'라고 답했다면 무난한, 또 당연히 그렇게 말할 만한 답변이었겠지만 그녀는 그것을 거부했다. '국민이 아니라 그 노래를 좋아하는 사람이 주인'이라는, 솔직하고 고마운 답변을 해주었다.

아니 솔직하지 않더라도 고마운 답변이다. 〈아침이슬〉이라는 노래를 좋아하는 사람 중 한 명으로서, '그 노래를 좋아하는 사람이 그 노래의 주인'이라는 말이 가슴을 더 진하게 울렸다. 그녀의 답변으로 나 역시 〈아침이슬〉의 주인이라고 당당하게, 또 자신 있게 말할 수 있게 되었다.

양희은 씨의 답변을 들으니 오래 전 기억이 주마등처럼 스쳐지나갔다.

이웃끼리 산책을 할 기회가 있었다. 그중 한 사람이 앞산을 보면서 감탄했다.

"산이 참 아름답네요. 저 산의 주인은 얼마나 행복할까요?"

그녀의 말에 다른 이웃이 웃으며 말했다.

"저는 저 산을 가진 사람이 주인이라고 생각하지 않아요. 진짜 주인은 저 산을 보면서 좋아하고 즐거워하는 사람이 아닐까요?"

언뜻 보면 물욕을 초월한 철학자들의 선문답 같지만, 어쩌면 그 이웃의 말이 진실이지 않을까? 많이 가지고 있어도 그것을 좋아하고 즐거워하지 못한다면 그 사람은 주인이 아니라 보관하는 사람에 불과하다.

내가 가진 작은 것부터 좋아하고, 그 사실에 감사해야겠다.

눈에서 멀어지면

마음도 멀어진다

학생 사이클 연맹에서 활동하는 후배가 있다. 한 모임에서 그가 한·일 고등학교 사이클 교류전에 대한 고민을 털어놨다. 요즘같이 한·일 관계가 어려운 시기에 대회를 진행해야 할지 말지 고민 중이란다.

모임에 참가한 이들 중 교류를 반대하는 이도 있었고, 찬성하는 이도 있었다. 그들 모두 타당한 논리를 내세우

며 의견을 제시했고, 양쪽 의견 모두 납득할 만한 이유가
있었다.

후배도 그런 사정을 충분히 알고 있었을 것이다. 다만
어떤 결정을 내리더라도 그에 대한 부담이 따르기에 그
런 답답한 심정을 말하고자 한 것이리라.

시간이 흐른 뒤 후배로부터 연락이 왔다. 한일 교류전
을 추진하기로 했다며 자문위원으로 참석해달라는 것이
었다. 어려운 결정을 내렸다고 생각했다.

교류전이 진행되어 합류했다. 규모는 크지 않으나 오
랜 전통이 있는 대회였다. 그날 저녁 만찬회장에서였다.
의례적인 인사말이 오갈 때 학생선수들이 있는 자리를
바라보았다. 그들도 어색한 한일 관계를 알고 있어서인
지 서먹해했다.

하지만 곧 학생들의 친화력이 발휘됐다. 시간이 지나
면서 서로 웃고 떠들 만큼 가까워졌다. 대화가 통하지 않
음에도 만국 공통어인 '바디 랭귀지body language,' 즉 손
짓 발짓으로 의사를 전달하다 보니 오히려 더 빨리 친숙
해진 것 같았다.

그런 그들을 보며 이런 생각이 스쳐지나갔다.

'국가 간 상황을 이유로 대회를 실시하지 않았다면 저 학생들이 저렇게 가까워질 기회가 있었을까?'

'Out of sight, out of mind'

'눈에서 멀어지면 마음도 멀어진다'라는 의미의 영어 속담이 있다. 우리말로 '이웃사촌'쯤이랄까.

마음에 맞지 않는 상대가 있을 때 불편하다고 만나지 않는다면 가까워질 기회는 점점 줄어든다. 물론 다툼이 일어난 직후 감정이 격해져 있는 순간에는 잠시 피하는 것이 좋겠지만, 격한 파도가 가라앉으면 만나야 한다. 만나서 꼬인 실타래를 풀어야 한다. 한 올 한 올.

어려운 시기에 쉽지 않은 결정을 내린 후배의 용기에 박수를 보낸다.

내
가
선
택
한
길
에
서

"그래! 이거야!"

오래 전 한 예능프로그램의 〈인생극장〉이란 코너가 가
끔 떠오르곤 한다. 선택의 기로에서 어느 한 길을 선택
했을 때와, 다른 길을 선택한 다음 현재 어떻게 변했을지
비교하는 내용이다.

예를 들자면 나를 좋아하는 사람과 결혼했을 때와, 내

가 좋아하는 사람과 결혼했을 때의 결과는 어떻게 다를까, 라는 등의 이야기다.

우리는 인생의 길을 걸으며 수많은 갈림길과 만난다. 그 순간 선택의 기로에 선다. 강남역 사거리나 번화한 도로의 사거리에는 안내판이 있지만 안타깝게도 인생의 사거리에는 이정표가 존재하지 않는다. 불친절하기 짝이 없다. 안내판이 없다는 건 그 길을 걸으며 새로운 길을 만들어 가야 한다는 것을 의미한다.

그 갈림길에서 어느 길로 갈지 선택해야 하는 순간, 시험 문제를 풀 때 공부한 내용이 생각나지 않아 머리를 두 손으로 부여잡고 괴로워하는 것처럼 고민하기도 하고, 밤새 공부한 내용이 시험 문제로 나와 확신을 갖고 답을 고르는 것처럼 자신 있게 한쪽 길을 선택하기도 한다.

그리고 팡파르를 불며 힘차게 그 길에 발걸음을 내딛기도 하지만, 초겨울 호수 위에 살짝 얼어붙은 얼음 위를 걸어가듯 조심스레 발을 내딛기도 한다.

우리가 내딛는 길이 인생에서 똑 부러지는 정답을 얻

을 수 있는, 딱 맞는 길이기를 희망하지만 그렇지 않다는 것은 엄마 품에 안겨 있는 젖먹이도 알 수 있으리라. 그보다는 정답에 가까운 길을, 아니 어쩌면 그 길이 정답에 가까운 길이 되기를 희망하면서 내딛는 것이리라.

그럼에도 불구하고 확신 있는 선택이든, 아니면 고민과 함께 뒤죽박죽 돼버린 선택이든 간에 미련이 남는다. '저 길로 갔으면 좀 더 낫지 않았을까?'라는 후회가 안개처럼 자신을 감싼다. 그러면서 선택하지 못한 길을 뒤돌아보곤 한다.

하지만 선택하지 못한, 어쩌면 선택하지 않은 그 길이라고 종착점까지 레드 카펫red carpet만 깔려 있을까?

Absolutely Not!절대 그렇지 않아!

누구나 짐작할 수 있다. 그 길로 가더라도 결국은 다른 후회, 어쩌면 같은 종류의 후회를 하게 되리라는 것을.

먼 훗날 어디에선가
나는 한숨을 쉬며 말할 것입니다.

숲 속에 두 갈래 길이 있었는데,

나는 사람이 적게 간 길을 택했노라고,

그래서 모든 것이 달라졌다고.

— 〈가지 않은 길〉中, 로버트 프로스트

어느 책에서 고개를 끄덕이게 하는 문구를 보았다. 칭찬의 기술 중 가장 중요한 기술은 '가끔씩 자기 자신을 칭찬하는 것'이라고. 이렇듯 자신이 만들어가는 길을 걸으면서 힘이 들 때는 자신을 격려하고 위로해주자.

'그래 이 정도면 애썼어. 잘 버텼어!'

'내던지고 싶을 때도 있었지만 잘 참으며 왔잖아!'

'가다가 넘어지면 다시 일어나면 되잖아!'

이렇게 따뜻하게.

하나
여러 가지 선택의 순간에 어떤 것을 선택해야 할지 명확하게 짚
어주는 서울대학교 행정대학원 최종원 교수의 인생 교훈이 생각
난다.
갈까 말까 할 때는 가라
살까 말까 할 때는 사지 마라
말할까 말까 할 때는 말하지 마라
줄까 말까 할 때는 줘라
먹을까 말까 할 때는 먹지 마라

둘
우리는 어떤 일에서 실패를 맛보는 것보다 무언가를 시도하지
못했다는 사실을 깨달을 때 더 깊은 무력감에 빠지곤 한다. 무언
가 할지 말지에 대해 내게 물어보는 사람에게는 다음과 같이 말
하곤 한다.
'해보지 않고 하는 후회가, 해보고 하는 후회보다 세 배 이상은
더 크다고 합니다.'

중학교를 미션 스쿨에 다녔다. 매주 예배 시간이 있었고, 교육과정에 성경 수업이 있었다. 당시 성경 수업을 담당하던 교목校牧, 종교 교육을 맡아 하는 목사은 이문세의 〈광화문 연가〉에 나오는 '언덕 밑 정동길엔 아직 남아 있어요 눈 덮힌 조그만 교회당', 바로 그곳 정동교회 목사님이셨다.

그분이 하셨던 말씀 중 아직까지 뇌리에 남아, 잊을 만하면 떠오르는 말이 있다. 무슨 이야기를 하다 나왔는지 너무 오래돼 기억나지 않지만, 수업 말미에 다음과 같이 말씀하셨다. '횟수가 질을 변화시킨다'라고.

이 말은 어떤 의미에선 이미 어릴 때부터 귀에 못이 박히도록 들어왔던 속담, '바늘도둑이 소도둑 된다'와 일 맥상통하기도 하다. 그럼에도 불구하고 '횟수가 질을 변화시킨다'라는, 이 말은 어린 마음에 무겁고 깊게 자리 잡았다.

4대 거짓말이 있다고 한다.

장사꾼이 밑지고 판다는 말, 노인이 일찍 죽고 싶다는 말, 노처녀가 시집 안 가겠다는 말요즘은 미혼들이 많아 이 말은 바뀌어야 될지 모르겠다. 그리고 마지막으로 정치인의 말이라고 한다.

지인 중 사업하는 이가 있다. 그는 사업상 여러 부류의 사람들을 만나는데, 그중 국회의원도 있다고 한다. 지인이 사람들과 술자리를 같이하던 중 그 국회의원이 갑자기 "나는 국회의원이 되기 전까지는 내가 그렇게 거

짓말을 잘하는 줄 몰랐어요."라며 회한에 잠겨 말했다고
한다.

그 말을 듣는 순간 중학교 시절 들었던 '횟수가 질을
변화시킨다'라는 말이 어두운 밤에 플래시가 번쩍 터지
듯 갑자기 떠올랐다.

살아가다보면 어쩔 수 없이 사실과 다른 말을 해야 하
는 상황도 있다. 그 국회의원도 처음부터 거짓말을 자연
스럽게 하지는 못했을 것이다. 하지만 한 번, 또 한 번 반
복하면서 늘었을 것이라는 것은 어렵지 않게 짐작할 수
있다.

약물의 공통적인 특성 중 하나가 내성耐性이라고 한
다. 약물을 반복 사용할수록 우리 몸은 약물에 적응된다.
따라서 같은 효과를 내기 위해서는 점점 복용량을 늘려
야 한다.

우리 삶에도 내성이 있는가 보다. 처음 맞이하는 풍파
에는 세상이 무너지는 것처럼 요란하게 대응하지만 풍
파를 많이 겪게 되면 그저 지나가는 바람처럼 여기는 걸
보면.

사뭇 사랑도 그런 것 같다. 첫사랑의 실패는 비포장도로에서 버스가 출발할 때 일어나는 먼지처럼 오래도록 아쉬움과 막막함을 남기지만, 반복되는 사랑의 실패는 아스팔트 위를 출발하는 버스처럼 잠시의 아쉬움만 남긴다. 그러면서 곧 다음 버스를 기다리게 되는 것과 같다.

　살아오면서 반복해온 내 후회의 횟수는 내 삶을 어느 쪽으로 더 많이 변화시켰을까? 좋은 쪽일까, 안 좋은 쪽일까?

　　라디오에서 〈십 년 전의 일기를 꺼내어〉라는 노래가
흘러나왔다.

　　　후욱 하고 날려 버린 먼지들이

　　　십 년이나 지난 일기 위에는

　　　수북이 쌓여 있었지

　　　(중략)

그래 지금 힘겹다고 생각하는 날들도

언젠가 다가올 날에는

다시 돌아오고픈 시간일거야

— 〈십 년 전의 일기를 꺼내어〉, 봄여름가을겨울

이 노래를 듣노라니 왠지 서랍 깊숙한 곳에 넣어둔 사진첩을 꺼내 보고픈 생각이 훅 들었다.

아날로그 사진첩을 내려다보노라면 낱장의 사진에 간직된 순수했던 시절의 잊고 있었던 기억들이, 무성영화의 영사기를 차르륵 돌리는 것처럼 머릿속에서 한편의 영상으로 되살아난다. 그 기억들을 살피며 생각의 속도에 브레이크를 걸기도 하고, 어느 순간에는 생각을 쌓아 올리기도 하고, 허물기도 한다.

아날로그 사진첩을 통해서 기억되는 시절은 왠지 소설 『소나기』에 나오는 사춘기 소년소녀의 아름답고 슬픈 첫사랑의 경험처럼 아련한 느낌을 준다. 게다가 그리움의 활동 반경을 넓혀준다.

오래된 기억 중에는 어제 일처럼 진한 기억도 있고, 희미한 안개 저편에 있어서 도저히 움켜잡을 수 없을 것 같은 흐린 기억도 있다.

아날로그 시대를 경험한 이들에게는 디지털 사진첩보다는 아날로그 사진첩에 대한 그리움이 더욱 큰가 보다. 사진첩의 낱장을 넘길 때마다 코끝에 와 닿는 특유의 눅눅한 냄새와, 손끝에 전해지는 사진첩의 묵직한 무게가 추억의 불씨를 키운다. 또 소설 『보물섬』에서 호킨스라는 소년이 해적들을 물리치고 보물을 손에 넣은 것처럼 보물을 캐낼 것 같은 설렘이 생기곤 한다.

우리는 무언가를 정면으로 마주치는 순간에는 그 가치를 알아채지 못하기도 한다. 하지만 세월이라는 빗물에 젖다 보면 무가치한 것 같았던 순간이 소중한 추억이었다는 것을 느끼게 된다.

때로는 지금 맞닥뜨린 일들에서 한 발짝 물러나 조금 떨어져 바라봐야 하는지도 모른다. 그러면 알게 될 수도 있다. 노래의 가사처럼 지금 힘겹다고 생각하는 날들도 언젠가 다가올 날에는 다시 돌아오고픈 시간일 거라는 사실을.

천
번
을
내
딛
기
란

아들과 사우나에 같이 갔다. 본의 아니게 둘이 전면 거
울 앞에 서게 됐다. 한창 때인 아들과 이미 중년을 지난
내 몸매에는 많은 차이가 있었다.

아들이 웃었다. 쑥스러웠지만 이왕 이렇게 된 바에 한
발 더 나가보기로 했다.

"옆으로 서 봐, 아버지 옆모습과 비교해 보게."

아들은 웃으며 옆으로 돌아섰다. 둘의 옆모습은 더욱 가관이었다. 똥배가 전혀 나오지 않은 아들과 아랫배가 올챙이배처럼 불룩 나온 내 옆모습이란! 그냥 눈을 감아 버리는 것이 수명 연장의 지름길이라 생각했다. 사실 나는 중년의 다른 남자들에 비해 배가 많이 나온 편이 아닌데도 말이다.

"아버지, 도저히 봐드릴 수가 없네요! 거의 극혐 수준 인데요! 크크. 술 배예요 술 배."

아들 녀석이 웃으며 농담했다.

"좀 그렇긴 하지?"

나는 벌꿀을 배터지게 먹은 곰돌이 푸가 자기 배를 앞발로 툭툭 두드리듯 내 배를 손바닥으로 두드리며 웃었다.

그날 이후 뱃살 빼기 작전에 돌입했다. 꾸준히 헬스를 해온 아들의 도움을 받아 간단한 동작 두 가지를 실시하기로 했다.

두 동작을 끝내는 데 걸리는 시간은 십오 분 정도였다. 매일 십오 분 정도 투자해서 뱃살을 뺄 수만 있다면 몸의 실루엣이 좋아지는 것은 물론 건강에도 좋을 것이다. 일석이조一石二鳥다. 누이 좋고 매부 좋고, 도랑 치고 가재 잡는 격이다.

이왕 하는 김에 뱃살이 빠지는 과정을 확인할 수 있도록 운동하면서 동영상을 촬영했다. 일주일에 5~6회씩 약 1개월 정도 실시했다. '작심삼일作心三日'이라는 말도 있는데 한 달이나 꾸준히 실시했다는 사실에 뿌듯하기까지 했다.

하지만 한 달이 지나면서 운동이 조금씩 귀찮아졌다. 매트를 깔고, 동영상 촬영 준비하고, 운동이 끝나면 샤워해야 하는 일들이 귀찮아진 것이다. 그렇다고 바로 그만두자니 아들에게 체면이 서지 않았다. 핑곗거리를 찾기 시작했다.

"첫 번째 운동이 끝나면 허리가 좀 아픈 거 같아."

"그 운동은 바른 자세로 하셔야 해요. 자세가 안 좋으면 허리가 아플 수도 있으니 그 운동은 하지 마세요. 좀 쉬운 운동을 알려 드릴게요."

아들이 다른 운동을 알려줬다. 그 운동을 직접 해본 후

아들에게 말했다.

"새로 알려준 운동은 배에 자극이 안 가네. 너무 쉬운 거 같아."

"그러세요?"

"아버지는 한 시간 정도 걸어서 출퇴근하니 그걸 꾸준히 하면 뱃살 빼는 데 도움이 되지 않을까?"

"걷기를 매일 그 정도 할 수만 있다면 그것도 괜찮을 거예요."

아들이 동의하자 이때다 싶어 운동을 바로 그만두었다. 울고 싶은데 뺨 때려준다고, 아들의 동의에 운동을 그만둘 명분을 찾은 것이다.

하루에 십오 분. 정말 짧은 시간이다. 자신의 건강을 위해 이 정도 시간을 만드는 것이 그렇게 어려웠을까?

문득 고등학교 3학년 초에 국어 선생님이 하신 말씀이 떠올랐다.

"내 어머니께서 몸에 좋은 거라며 영양제를 한 통 사주셨다. 구십 알이 들어 있는 영양제였다. 하루 한 알씩만 먹으면 삼 개월이면 다 먹을 수 있다고 생각했는데, 일 년이 지나고 보니 영양제가 반이 남아 있더구나. 그냥 먹기

만 하면 되는데……. 매일 꾸준히 하는 것이 그렇게 힘든
일이다. 너희도 지금은 대학에 가기 위해 꾸준히 공부하
겠다고 다짐하고 있겠지만 쉽지 않을 테니 마음들 단단
히 먹어라."

대충 이런 내용이었다.

천 리 길도 한 걸음부터라지만, 그 한 걸음을 천 번 내
딛기란 그리 쉽지만은 않은 것 같다.

이 以
심 心
전 傳
심 心

가족 여행을 갔다. 남도의 통영으로.

삶의 터전을 잠시 떠나는 건 꽤 여러 가지 의미를 부여할 수 있다. 한 걸음 한 걸음 내딛을 때마다 새로운 풍경을 만나며, 새로운 인연을 맺기도 한다. 그 과정에서 삶의 궤적을 찬찬히 되짚어보며 새로운 눈을 갖게 된다. 게다가 소중한 이와 함께하는 여행은 즐거움을 배가시킨다.

'나 홀로 여행'일 때는 아무런 준비 없이 시작해서 여행지에서 날것의 풍경을 건져 올릴 수도 있다. 하지만 성인이 된 아들과 함께하는, 흔치 않은 기회라 좋은 추억을 만들기 위해 꼼꼼하게 계획을 세웠다. 인터넷 검색을 통해 통영과 거제도의 명소를 여기저기 알아보았다.

그렇게 세심하게 준비했건만 죽 끓듯이 이랬다저랬다 하는 변덕쟁이가 정성껏 쌓아올린 모래 탑을 한 번에 허물어버리듯 첫날에 계획을 변경하고 말았다.

케이블카를 타고 미륵산 정상에 오르는 중이었다. 옆에 앉은 중년의 사내가 같이 온 일행에게 하는 말이 귀를 쏘옥 파고들었다.

"내가 소매물도를 여러 번 가봤는데 정말 소매물도 만한 곳이 없더라. 다른 이들은 매물도, 매물도 하지만 나는 소매물도가 훨씬 좋더라고. 내일 소매물도에 가자고."

가보지 않은 곳에 대한 호기심의 발동인가, 아니면 내 귀가 팔랑 귀로 변했는가? 그 사내의 말에 눈을 반짝이며 아내와 큰놈을 번갈아 바라보았다.

'이심전심以心傳心'이라는 말이 있다.

어느 날 석가세존世尊이 제자들을 영취산靈鷲山에 모아 놓고 설법을 하였다. 그때 하늘에서 꽃비가 내렸다.

세존은 손가락으로 연꽃 한 송이를 말없이 집어 들고 拈華, 염화 약간 비틀어 보였다. 제자들은 세존의 그 행동이 무엇을 의미하는지 알 수 없었다. 그러나 가섭은 그 뜻을 깨닫고 빙그레 웃었다微笑, 미소.

"내 뜻을 알겠느냐?"

가섭은 가만히 고개를 끄덕였다.

"내가 마음으로 전하는 뜻을 너만이 알고 있구나. 내 진리를 너에게 주마."

이렇게 하여 불교의 진수가 가섭에게 전해졌다고 한다.

즉, 진리란 말이나 책에만 의존하지 않고 마음에서 마음으로 전달될 수 있어야 한다는 것이다.

사내의 말을 듣고 내 눈에서 쏟아져 나오는 호기심 가득한 눈빛에 대해 아내와 큰놈은 '이심전심以心傳心'이었던 것 같다. 그렇게 해서 예정에 없던 소매물도를 찾아갔다.

'소문난 잔치에 먹을 것 없다'는 말도 있지만 '명불허전

名不虛傳, 명성이나 명예가 헛되이 퍼진 것이 아니라는 말'이란 말도 있다.

과연 명불허전名不虛傳이었다.

운명적인 장소로 각인되고 싶어서인지 그날따라 날씨도 일조해 우리를 설레게 했다. 눈이 부시게 파란 하늘에, 탁 트인 푸른 바다. 게다가 눈을 깜빡이기도 아까울 만큼 아름다운 섬의 풍광이 보는 이의 가슴을 설레게 했다. 예정에 없던, 우연치 않게 다가온 여행지에서의 기쁨에 가슴이 벅차올랐다.

우리 인생에서도 이런 우연한 기쁨의 기회가 가끔 찾아오기도 한다. 미래를 위해 계획을 꼼꼼하게 세워 수학 공식에 숫자를 대입하듯, 삶의 길을 차곡차곡 밟아가는 중에 우연하게 찾아온, 준비되지 않았던 기회가 큰 열매를 가져다주기도 한다. 물론 그 기회를 선택하는 것 역시 자신의 몫이겠지만,

촘촘하게 짜여진 삶에서 가끔은 우연에 기대어 일탈해 보는 것도 그만한 가치가 있지 않을까, 생각해본다.

'이심전심以心傳心'과 같은 의미를 갖는 말로,

'염화미소拈華微笑, 꽃을 집어 들고 웃음을 띠다'와

'염화시중拈華示衆, 꽃을 따서 무리에게 보인다'이라는 말도 있다.

볼륨을 낮춰요

버스나 지하철에 앉으면 몹쓸 버릇이 발동할 때가 있다. 다른 승객들을 찬찬히 훑어보기도 하고, 귀를 쫑긋 세워 그들의 대화를 살며시 엿듣기도 한다.

물론 조용히 있고 싶은 날도 있다. 물에 젖은 솜처럼 온몸이 축 늘어지고 기운이 없는 날이면 그렇다. 그런 날에는 어느 누구의 방해도 받고 싶지 않다.

하지만 삶이 어디 희망대로만 흘러가랴? 아무에게도 관심을 기울이고 싶지 않은 그런 날에도 내 의지와 관계없이 다른 승객의 사생활을 알아버리기도 한다. 그러면 머릿속이 뒤죽박죽되고 축 늘어진 몸은 지면에 '착' 달라붙을 만큼 아래로 '쭈욱' 더 당겨지기도 한다.

퇴근 시간 수서역에서 버스를 타고 이동할 때였다. 콩나물시루 같은 버스에 가까스로 몸을 밀어 넣었다. 앞자리에 앉은 한 아주머니가 다른 승객들이 모두 들을 수 있을 만큼 큰 소리로 통화하고 있었다. 자신의 사연을 다른 사람들이 모두 알아야 한다는 듯 목소리의 진폭을 키워서 데시벨을 상승시켰다.

게다가 승객들에게 증인이라도 되어달라는 양 볼륨을 얼마나 키웠는지 스마트폰에서 흘러나오는 상대방의 목소리도 승객들의 귀에 콕콕 꽂히고 있었다.

자신의 입에서 발사되는 소리의 진폭이 커서 거기에 맞게 볼륨을 높인 것인지, 아니면 상대방의 데시벨이 높아서 자신도 모르게 자기의 진폭을 키운 것인지 알 수 없었다.

그녀의 식을 줄 모르는 샤우팅은 버스에서 내릴 때까지 계속됐다. 생면부지生面不知인 그녀의 목적지를 내 어찌 알랴만, 그녀의 우렁찬 음파로 내 의사와 관계없이 알아버리고 말았다.

"나 지금 내려야 하니까 잠깐만 기다려."

그녀도 그녀지만, 전화기 속 상대방은 자신의 이야기가 예능 프로그램에 나오는 연예인의 사생활처럼 다른 사람들에게 공유되고 있다는 것을 알고는 있을까?

음, 많이 궁금하다.

평소에 그런 점을 의식하는 편이라 나는 통화할 때 전화기 볼륨을 한껏 낮추곤 한다. 나름대로 신경 쓴다고는 하지만 역시 한 발 떨어져 나를 봐야 정확히 진단할 수 있는 것 같다.

한번은 나와 통화하던 상대방이 옆에 있는 친구를 바꾸어 달라고 했다. 전화기를 친구에게 넘겼는데 전화기 속 상대방의 목소리가 내 귀에도 전달되는 것이었다.

'볼륨을 낮춘다고 신경 썼는데도 들리네. ㅠㅠ'

세상에 비밀이 없으며, 낮말은 새가 듣고 밤말은 쥐가 듣는다고 한다. 아무리 '개인 정보'가 '국민 정보'가 되는 세상이라지만 나도 모르게 그런 흐름에 일조하고 있지 않은지 곰곰 돌이켜본다.

인기 있는 라디오 프로그램 중 〈볼륨을 높여요〉라는 프로그램이 있지만 볼륨을 낮추는 지혜도 필요한 것 같다. 상대방의 사연이 다른 사람의 귓가에서 맴돌지 않도록. 그래서 모르는 이에게 알려져 난도질당하지 않도록.

첫 번째 기적

'자녀의 공부를 도와주는 방법'에 대한 강의를 마치고 나오는 길이었다. 구름 사이로 햇살이 빼꼼 고개를 내밀었다. 거리에서 만난 어린 학생이 환하게 웃으며 '선생님' 하고 인사하는 것 같았다.

어머니들을 대상으로 강의할 때마다 느끼곤 한다. 무엇이 그들을 저렇게 간절하게 만드는 걸까?

강의를 듣는 어머니들은 재미있다고 생각되는 부분에서는 소리 내며 웃기도 하지만, 내 입에서 나오는 한 마디 한 마디를 놓치지 않으려고 두 눈을 내 눈과 입에 고정시키곤 한다. 또 어떤 부분에서는 수험생이라도 된 듯 고개를 끄덕이고 필기를 하기도 한다.

도대체 어머니란 무엇인가?

우린 자궁에 착상되는 순간부터 어머니를 만난다. 그러면서 어머니 몸의 일부분이 된다. 어머니는 자신의 몸에서 떨어져 나온 자식을 자신의 몸보다 더 소중히 여긴다. 손익계산을 따지지 않는다. 자신의 꿈을 덜어내어 자식의 꿈을 키워준다. 자식에 대한 어머니의 사랑만큼 맹목적인 것이 세상에 있기나 할까?

문득 〈공공의 적〉이란 영화가 생각난다.

돈 때문에 부모를 살해한 아들의 손톱이 바닥에 떨어졌다. 어머니는 살해범이 아들이라는 증거를 남기지 않기 위해 죽어가면서까지 그 손톱을 삼켰다.

극적인 효과를 나타내기 위해 과장되게 그린 게 아닌가 싶다가도 고개를 젓는다. 어머니라면 그럴 수 있겠다

싶어서!

이 장면을 보면서 유럽 남부와 북아프리카의 건조지대에 사는 벨벳거미가 생각났다. 이 거미는 자신의 몸을 녹여 새끼에게 먹이로 주고 껍질만 남고 죽는다.

또 문어 암컷은 바위틈에 알을 낳고 새끼가 깨어날 때까지 육 개월가량 아무것도 먹지 않으면서 알을 지키고 돌본다. 알에서 새끼가 모두 깨어나면 기진맥진한 암컷은 그 자리에서 죽는다.

자신의 몸과 생명이 꺼져가는 순간까지도 자식을 위해 자신을 내어주는 이가 어머니나 어미인 것은 사람이건 동물이건 마찬가지인 것 같다.

신이 모든 곳에 존재할 수 없기 때문에 자신을 대신하라고 만든 것이 어머니라고 한다. 어쩌면 어머니는 우리가 세상을 만나면서 신으로부터 선사받은 첫 번째 기적이 아닐까 생각해본다.

남
녀
칠
세

지남철

'남녀칠세 부동석男女七歲 不同席'이란 말이 있다.

글자대로 풀면 남녀는 일곱 살이 되면 자리를 같이하지 않는다는 말이다.

'자리 석席'은 원래 '돗자리 석蓆'에서 나왔다고 한다. '돗자리 석蓆"은 깔개 즉, 까는 요를 말하기도 한다. 그러니까 이 말의 원뜻은 남녀가 일곱 살이 되면 같은 자리에 앉지 않는다는 말이 아니라, '한 이불에 잠을 재우지 않는 다'는 말이라는 것이다.

하지만 '자리'건 '잠자리'건 관계없다. 어떤 뜻이든 남녀는 일정한 나이가 되면 떨어뜨려야 한다는, 유교 윤리에 기반을 둔 조선시대의 가치 기준이었다.

이 말을 패러디한 '남녀칠세 지남철男女七歲 指南鐵'이라는 말도 있다. '지남철指南鐵'은 '자석磁石'을 말한다. 다시 말해 남녀는 일곱 살이 넘으면 자석처럼 서로 관심을 갖고 가까워진다는 말이다.

요즈음은 어디서든 어렵지 않게 '남녀칠세 지남철'이라는 말을 실감할 수 있다. 지하철이든, 공원이든 아니면 대로변이든 어디에서나 애정 행각, 아니 애정 표현하는 남녀를 쉽게 볼 수 있다.

그 모습을 보며 어떤 이들은 혀를 '끌끌' 찬다. 또 '그렇게 좋으면 둘만 있는 데 가서 하지 왜 사람들 있는 데서 꼴불견이냐'며 못마땅해하기도 한다.

이에 반해 어떤 이들은 '좋을 때다'라고 하면서 웃어넘기기도 한다. 나도 처음에는 못마땅해하는 쪽이었으나

이제는 지레 포기하고 웃어넘기는 쪽이 되고 말았다.

남녀가 사랑에 빠지면 남을 의식하지 않는 이유가 도대체 뭘까?

음~, 과학적으로 분석해봐야겠다.

열정적인 사랑에 빠진 커플의 뇌 사진을 보면 본능을 관장하는 대뇌 부위가 활성화되어 있다고 한다. 그래서 이성보다 본능에 충실하게 되어 다른 사람의 시선을 의식치 않고 애정 표현에 과감해진다는 것이다.

그리고 이 시기에는 흥분과 쾌감 전달 물질인 도파민 분비가 활발해져 애인의 단점은 보이지 않고 장점만 보인다는데, 이것을 '핑크 렌즈 효과'라 부른다고 한다.

'Love and a cough cannot be hid.'

'사랑과 기침은 감출 수 없다'는 영국 속담이다.

감기에 걸려 기침이 나오기 시작하면 TV를 봐도, 책을 읽어도, 사람과 이야기해도, 전철을 타도 기침은 눈치 없이, 주위를 아랑곳하지 않고 자신의 존재를 뽐낸다. 아무리 참으려 애를 써도, 눈에 눈물이 고일 정도로 참아도 결국 자신의 존재를 드러내고 만다.

사랑도 이런 것이리라. 아무리 참으려 해도 웃음이 나오고, 아무리 눈을 감고 있어도 그 사람의 얼굴이 눈에 어린다. 또 자신도 모르게 표정이 밝아지면서 누가 봐도 사랑하고 있다는 것을 알게 한다.

그래도 조금은 참아보는 게 어떨까?

공공장소에서 감출 수 없는 사랑을 표현함으로써 누군가의 눈살을 찌푸리게 하고 손가락질을 받기보다는, 둘의 표정만으로도 서로 사랑하는 것을 알아챌 수 있게 하는 것은 어떨까? 두 사람의 표정에서 나오는 사랑의 빛이 전달됨으로써 보는 사람도 흐뭇한 미소를 띨 수 있게.

아름다운 구속

　오랜만에 보는 맑은 날씨였다. 버스에 올라탄 후 차창 밖으로 펼쳐지는 맑은 하늘을 감상하고 있는데 라디오에서 김종서의 〈아름다운 구속〉이 흘러나왔다. 한때 많이 부르던 노래였다. 같이 흥얼거리고 싶었지만 버스 안이라 따라 부르지는 못했다.

　하지만 '얻는 것이 있으면 잃는 것도 있고, 잃는 것이 있으면 얻는 것도 있다'는 세상의 이치는 어김없이 작동한다. 귀로만 감상하다 보니 입까지 사용할 때보다 가사에 집중할 수 있었다.

> 오늘 하루 행복하길
> 언제나 아침에 눈 뜨면 기도를 하게 돼
> 달아날까 두려운 행복 앞에
> (중략)
> 아름다운 구속인걸
> 사랑은 얼마나 사람을 변하게 하는지
> 살아있는 오늘이 아름다워

아하! 이런 가사였구나!

사랑에 대한 감정은 인류가 갖고 있는 감정 중 가장 비슷하면서도 가장 다양한 것 같다. 또 바닷가의 모래알만큼 많은 사연을 갖고 있다. 오죽하면 유행가 제목에도 '사랑'이라는 단어가 들어간 노래가 가장 많을까? 게다가 제목에는 사랑이라는 단어를 포함하고 있지 않지만 사랑을 노래하는 곡은 또 얼마나 많겠는가?

사랑이 싹트면,

70~80년대 소녀들의 이상형 캐릭터였으며, 만화『캔디』의 남자 주인공인 테리우스 같은 '차도남차가운 도시의 남자'도, 드라마 〈시크릿 가든〉에 나오는 김주원현빈 같은 '까도남까칠한 도시의 남자'도, 또 드라마 〈베가본드〉에 나오는 차달건이승기 같은 무뚝뚝한 남자도 낯간지러운 문장을 습관적으로 동원해 자기 마음을 전달하게 된다.

이탈리아 남자들이 아침에 일어나 애인에게 보낸다는 '안녕 Flore꽃이란 뜻, 오늘의 태양은 전부 너를 위한 거야!'라는 문구처럼, 이렇게 오글거리는 문구를.

'사랑이 무엇일까?'에 대한 정의 역시 헤아릴 수 없을 것이다. 그러던 중 사랑의 본질에 대해 고민하게 하는 〈Her〉라는 영화를 알게 됐다.

사람의 감정을 아름답게 쓰는 능력을 가진 테오도르는 다른 사람의 편지를 대필하는 직업을 가지고 있다. 하지만 현실에선·아내와 이혼을 앞두고 별거 중이며, 그 어떤 것에도 즐거움과 애정을 느끼지 못한다.

그는 우연히 인공지능 운영 체제인 사만다를 만나게 된다. 그 후 하루의 일상이나 자신이 생각하고 있는 것

등 모든 것을 살아있는 연인에게 이야기하듯 사만다와 이야기를 나눈다. 심지어 상상 속 섹스까지.

우린 사랑에 이끌리면 아프리카의 황량한 나미비아 사막에서 오아시스라도 발견한 것처럼 앞뒤 가리지 않고 부리나케 달려간다. 그리고 '낮'에는 물론이고 '밤'에도 그 오아시스를 떠나지 않으려 한다. 그런 밀물의 감정이 썰물처럼 빠져나가면 조금씩 이성의 물길이 빠져나간 자리를 메우게 된다.

영화 속 테오도르도 사랑의 밀물이 조금씩 썰물로 바뀌면서 문득 자신이 사랑을 나누고 있는 대상이 사람이 아닌 인공지능에 불과하다는 것을 느끼게 된다. 그러면서 '과연 사랑이란 무엇일까'라는 질문을 계속해서 자신에게 던진다.

사랑이란 무엇일까?

사랑에 대한 정의를 내리려는 것은 물의 형태를 그리려는 것과 같을지도 모른다. 물이 담겨 있는 용기에 따라 모양이 달라지듯 사랑도 담는 사람에 따라 다르게 그려질 테니까.

그러니 굳이 사랑의 정의를 내리려고 애를 쓰지 말자. 그냥 느껴지는 대로 느끼자. 그게 자신이 담고 있는 사랑의 모습이니까.

[부언]

불현듯 아주 오래 전에 들었던 양희은씨의 〈옛날에 옛날에〉라는 노랫말이 생각난다.

옛날에 옛날에 사랑을 했는데
그 사랑이 사랑일까 내가 몰라 물었더니
사랑이 아니란다,
사랑이라 우겼더니
사랑이 떠나더라

옛날에 옛날에 사랑을 했는데
그 사랑도 떠나실까 내가 몰래 감췄더니
사랑이 서럽단다
사랑이란 그런 거지
가슴에만 숨은 거지

사
랑
이
란

그
런

거
지

만약 밤이 이동하는 속도가 평소보다 느리고, 새벽이
평소와 달리 더디 오는 것처럼 느껴진다면 누군가가 당
신 마음에 자리 잡고 있는 것인지도 모른다.

젊은 후배가 고민을 털어놓았다. 사무실에 좋아하는
이성이 생겼단다. 상대방도 자기에게 호의를 갖고 있는
것 같다고 한다. 하지만 아직 그 사람에게 자신 있게 마음을 전할 단계는 아니란다.

녀석의 말을 듣고 또다시 그 흔한(?) 사랑에 대해 다시
생각해 보게 되었다.

사랑하는 이와 한 공간에서 호흡하며 생활하는 것은
따뜻한 햇살을 받으며 꽃들이 만발한 들판을 거니는 것
과 같다. 밤이 되면 어둠이 지나가는 속도가 너무 더뎌서
아침을 기다리기가 힘들다. 빨리 아침을 맞이하기 위해
일찍 잠을 청한다. 긴 밤을 버틸 수가 없어서. 그리고 새
벽에는 눈을 뜨자마자 출근한다. 그 사람과 공유하는 장
소에 조금이라도 빨리 가기 위해.

영화 〈레미제라블〉에서 마리우스가 코제트를 보는 순
간 운명적 사랑이라는 것을 느낀 것처럼, 처음 보는 순간
사랑에 빠질 상대를 만나기를 누구나 고대한다.

하지만 그런 사랑은 흔치 않다. 사랑의 감정은 시간에
의해 느릿느릿 키워진다. 조그마한 텃밭에 해바라기 씨
를 심은 뒤 물을 주고 거름을 뿌려도, 싹이 나오기까지는
시간이 걸리는 것처럼.

하지만 싹이 튼 해바라기가 하루가 다르게 쑥쑥 자라

듯 한번 터진 감정의 봇물은 주체할 수 없을 만큼 빠른 속도로 성장하며 자신을 휘감는다.

감정이 V자 계곡의 급류처럼 성급하게 흐를 때는 꽤 그럴듯한 변화가 감지되는 법이다. 홀로 있을 때는 밤이 흘러가는 속도가 평소보다 더디고, 사랑하는 이와 같이 있는 밤은 너무 성급하게 흐른다. 또 슬픔의 온기는 감지하기 어려울 만큼 희미해지고 기쁨의 온기는 주위를 환하게 비춘다.

그런데 영화나 동화 속 사랑은 Happy ending으로 끝나지만 현실의 사랑은 그리 녹록하지 않다. 사랑의 감정이 타이밍과 짝을 이루지 못하여 상처로 남게 되면 오히려 사랑 때문에 고통의 나날을 보내야 한다. 그로 인해 생긴 상처는 시간이 지날수록 흐릿해지겠지만 결코 사라지지 않는 흔적을 남기기도 한다.

사랑의 아픔을 겪어본 사람은 다 안다. 태양의 열기가 강할수록 그림자가 짙듯이, 진한 사랑일수록 그 아픔도 크다는 것을. 게다가 잊을 만하면 날아드는 스팸문자처럼 시도 때도 없이 떠오르기도 한다.

사랑의 상처란 것이 모든 것을 내던지며 몸부림친 흔

적인데 그리 쉬이 지워질 수 있겠는가. 그런 기억은 피부에 새긴 문신과 같아서 아무리 지우려 해도 말끔히 지울 수 없다. 어쩌면 지우려 할수록 그 순간이 더 또렷해지기도 한다.

하지만 큐피드 화살이 상처로 남는다 하더라도 그 화살의 과녁이 되는 걸 두려워하지 말자. 사랑을 경험하지 못하고 인생을 논하는 것은, 빙산의 일각만 보고 빙산의 크기를 말하는 것과 같을 테니까. 또 사랑이 변해도 사랑했던 사실만큼은 변하지 않을 테니까.

이별 또한 사랑의 전개 과정이라고 말하는 이도 있다. 찬란하게 빛나던 햇빛도 저녁이 되면 스러지듯, 영원할 것 같던 사랑도 변하여 스러져간다고.

그리고 이런 사랑의 변화와 소멸을 인정하는 이만이 사랑의 추억을 아름답게 회상할 수 있고, 또 새롭게 다가오는 사랑 앞에 용기를 낼 수 있다고.

'사랑해서 헤어진다'는 말에 대해 얼굴을 붉혀가며 동의하지 않는 지인이 있다. 진실로 사랑한다면 어떻게 헤어지냐고? 그건 헤어지기 위한 그럴듯한 핑계일 뿐이라고!

도시 쥐와 시골 쥐에 관한 이솝 우화가 있다. 물질이
풍부하지만 긴장하며 살아야 하는 도시에 비해, 물질은
부족해도 여유와 낭만이 있는 시골이 좋다는 내용이다.

대학교 때 친구와 둘이서 자전거 여행을 했다. 서울에
서 부산까지. 지금은 자전거 도로망이 전국에 거미줄처
럼 갖추어져 있지만 당시는 국도뿐이었다.

자전거 여행 5일째 되던 날이었다. 만리포를 들렀다 가느라 시간이 지체되었다. 충청남도 청양 부근 소나무 숲 아래서 점심을 해먹고 쉬고 있는데 친구가 탈이 났다. 일사병에 걸린 것 같았다. 열이 나고 어지럽다며 몸을 움직이지 못했다.

친구를 안정시킬 수 있는 숙소를 찾아야 했지만, 농촌이었기에 숙박업소가 없었다. 그렇지만 아무리 상황이 어려워도 아픈 친구를 텐트에서 자게 할 수는 없었다.

인근 한 농가를 찾아갔다. 노부부가 살고 있었다.

"저는 서울에 사는 대학생인데, 친구와 둘이서 자전거 여행을 하고 있는 중입니다. 그런데 친구가 더위를 먹어서 꼼짝할 수 없는 상황입니다. 죄송하지만 오늘 하루 신세 좀 질 수 있을까요?"

조선시대에서나 나올 법한 상황이었다. 당시에는 나그네가 하루 기거를 요청하면 집에 재워주곤 했다고 한다. 그 사람이 어떤 사람인지도 모르면서.

하지만 비록 수십 년 전이라 해도 1980년대는 그런 시대가 아니었다. 그럼에도 불구하고 그렇게 신세져보고

자 시도했던 이유는 이틀 전의 경험이 있어서였다.

　이틀 전 아산만 방조제를 지나 충청남도에 들어섰다. 저녁이 되어 텐트 칠 장소를 찾았다. 마침 어느 가게 앞에 넓은 마당이 있어서 거기에 텐트를 치기로 했다.
　하지만 남의 가게 앞에 무작정 텐트를 칠 수 없어서 그 상점에서 물건을 몇 가지 구입한 후 부탁했다. 물건을 산 손님이어서인지, 아니면 인심 좋은 충청도라 그런지 어렵지 않게 주인의 허락을 받았다.

　텐트를 치고 잠시 쉬는데 추적추적 비가 내리기 시작했다. 빗물에 의해 텐트 바닥이 젖고 물이 스며들 수 있기에 텐트를 다른 곳으로 이동해야 했다. 여기저기 살펴보던 중 상점의 옥상이 눈에 들어왔다. 상점 주인에게 다시 부탁했다.
　"비가 와서 그런데 죄송하지만 옥상에다 텐트를 옮겨도 될까요? 옥상 바닥은 시멘트라 땅보다는 괜찮을 것 같아서요!"

　상점 아주머니는 비오는 밖을 바라보다 우리를 보다

하더니 그것도 허락해주셨다.

테트를 옥상에다 옮긴 후 잠을 자려는 순간이었다.

"학생, 학생~"

주인아주머니가 부르는 소리였다.

"무슨 일이세요?"

"아무래도 비가 오는데 텐트에서 잠을 자는 것이 그러니, 우리 집에 들어와서 자요. 집에 방이 둘인데 딸을 내 방에서 같이 자게 할 테니까 학생들은 우리 딸 방에서 자면 될 거에요."

'불감청이언정 고소원不感請 固所願이올시다'감히 청하지는 못하지만 바라는 바이올시다.라는 말은 이런 경우에 사용하라고 만들어진 말이 분명했다.

감사 인사를 여러 번 하고 우리는 그 집 딸 방에서 하룻밤을 보내게 됐다. 게다가 젊은 여인의 방이라 그런지 향긋한 내음이 코를 자극했다.

"충청도 사람들이라 그런지 인심이 좋네!"

그런 경험이 있었기에 용기를 내어 농가에 하룻밤 기거를 부탁한 것이다. 노부부는 사정을 듣더니 흔쾌히 허락해주셨다.

"어유~, 젊은 사람들이 고생이 많구면. 우리 집에 방이 많이 있으니 와서들 자요."

그래서 아픈 친구를 데리고 그 집에서 하룻밤 신세를 지게 됐다.

흘린 땀을 씻고 친구와 같이 있으려니 방문 밖에서 소리가 들렸다.

"학생~, 저녁상 차렸으니 문 좀 열어봐요."

놀라서 황급히 방문을 열었다. 주인아주머니가 밥상을 준비해 주신 것이다. 생각지도 못한 호의에 '정말 감사하다'는 인사말을 여러 번 한 후 밥상을 방 안에 들였다.

밥상은 시골에서 나올 수 있는 반찬은 모두 나왔다고 할 만큼 푸짐했다. 밥그릇은 커다란 사기 밥그릇이었으며, 밥공기에 담긴 밥 위로는 밥그릇 높이만큼 밥이 더 쌓여 있었다.

"이거 우리가 조선시대에 온 거 아니냐? 책에서만 봐 왔던 대접이네. 이 밥 높이 좀 봐라. 그리고 반찬은 또 어떻고……."

하지만 친구는 속이 안 좋다며 밥을 먹을 수 없다고 했다. 하는 수 없이 혼자 밥을 먹는데 녀석의 표정이 가관이었다. 먹고는 싶은데 먹을 수 없는 표정. 게다가 며칠 만의 집밥인데…….

다음날, 하룻밤을 따뜻하게 보내서인지 친구는 몸을 회복했다. 우리는 아침까지 융숭하게 대접 받은 후 다시 여행을 시작했다.

시골 쥐는 이래서 시골이 좋았나보다. 도시에 비해 조금은 부족한 듯해도 마음이 편안해지는 곳이라서. 비록 그날 밥상은 부족하다고는 할 수 없었지만 말이다.

사람 관계가 거미줄처럼 얽혀있는 도시는 사건사고도 많고 이해관계도 많이 얽혀있다. 사람과 부딪히며 산다는 건 그만큼 우리에게 긴장감을 준다. 그렇다 보니 온몸에 퍼져있는 신경망이 농촌보다 팽팽할 수밖에 없는 듯하다.

그러면서 생각해본다. 어쩌면 신경망을 느슨하게 해주는 시골이 가끔씩 그리워지는 것은 파라다이스를 그리워하는 우리네 본성이 아닐는지.

영화 〈백두산〉을 보았다. 거액을 투자한 상업 영화답게 웃음 요소를 군데군데 넣었다. 하지만 감독의 의도와 달리 가장 웃었던 부분은 영화의 마지막 장면이었다.

죽을 고비를 넘기고 돌아온 인창하정우이 태어난 지 얼마 안 되는 아이의 옹알이를 '아빠' 소리를 냈다며 좋아한다. 그러자 엄마 지영수지이 '아빠'가 아니라 '엄마'를 부른 것이라며 핀잔을 준다. 두 사람은 '아빠' 소리니, '엄마' 소리니 하면서 티격태격한다.

결론이 나지 않자 옆에 있던 수양딸 순옥에게 서로 자기편이 되어 달라며 도움을 요청한다. 배가 뒤집혀 물에 빠져 허우적대는 사람이 구조원에게 자기 손부터 먼저 잡아달라고 목 놓아 외치는 것처럼. 순옥은 0.1초도 고민하지 않고 '엄마'라고 하면서 지영의 손을 들어준다. 인창의 KO패!

인창은 어이없다는 표정으로 딸이라고 엄마 편들어준다는 표정으로 "분명 아빠라고 했는데……"라며 구시렁댄다.

이 장면을 보면서 유리알 같은 맑은 웃음이 터져 나왔다. 마른 수건을 쥐어짜듯 일부러 웃음을 유발하기 위해 영화 중간에 의도적으로 만든 장면이 아니라 예상하지 못한 곳에서 터진 순수한 웃음이었다.

예상하지 못한 곳에서 얻게 되는 즐거움은 기쁨을 배가시킨다.

쇼핑 갔을 때 사이즈가 많지 않아 엄청 할인해서 파는

옷 중에서 딱 자기 사이즈에 맞는 제품 하나를 발견했을 때의 즐거움, 좋아하는 가수의 콘서트에 갔는데 그 가수가 팬서비스로 악수하기 위해 잡은 손이 자기 손이었을 때의 즐거움, 이사한 집 주위에 나무가 많아 듣게 되는 풀벌레 소리의 즐거움 등 예상치 못한 즐거움을 곳곳에서 만날 수 있다.

이런 예상치 못한, 소소한 즐거움을 하루에 몇 번이나 만날 수 있을까?

정신없이 보낸 하루였다. 오늘 하루도 잘 견뎌낸 내 자신에게 보상해주고 싶다. 예상치 못한 즐거움이 얼마나 있었는지 한번 헤아려봐야겠다.

넉넉한 인심

　울릉도에 갔을 때다. 점심을 먹기 위해 나리 분지의 한 음식점에 들렀다. 무엇을 먹을까 생각하다 그 집 정식을 시켰다.

　그런데 나온 반찬의 수가 무려 스물두 가지였다. 그것도 큰 접시에 담겨져 나와 여덟 명 정도 앉을 수 있는 넓은 식탁을 가득 채웠다. 기념 삼아 인증 샷을 찍을 정도였으니까. 물론 그것을 어떻게 다 먹느냐, 낭비 아니냐라는 논란도 있겠지만 논외로 하자.

일본인들이 우리나라에 관광 와서 가장 놀라는 것 중 하나가 식당에서의 반찬 서비스라고 한다. 일본에서는 기본 반찬 외 반찬을 추가할 때마다 추가 비용을 지불한다. 그런데 우리는 반찬을 리필refill해준다. 그것도 원하는 횟수만큼. 그러니 놀랄 수밖에, 또 좋아할 수밖에.

우리나라 사람이 일본 여행 갔을 때 가장 불편해하는 것도 바로 추가 반찬 비용이다. 처음 제공하는 반찬도 소꿉장난할 때 사용하는 것 같은 조그마한 그릇에 눈곱만큼 주면서 추가로 반찬을 받으려면 비용도 지불해야 한다. 넉넉한 반찬에 리필을 당연한 것으로 생각하는 우리로서는 불편하지 않을 수 없다.

넉넉한 반찬 인심 하면 백반의 추억이 떠오른다.

2000년대 초반 나주에 갔을 때다. 국도변 식당에서 백반을 주문했다. 백반 값은 사천 원이었다.

잠시 후 나온 백반을 보고 눈이 휘둥그레졌다. 반찬의 가짓수가 무려 열여섯 가지였다. 간혹 서울 한정식 집에서 정식을 시키는 경우 그렇게 많은 반찬이 나오기도 하지만, 한정식 집은 그만한 가격을 받는다.

그런데 사천 원짜리 백반에 열여섯 가지의 반찬이라
니…… 토박이인 나도 놀랐는데, 아마 일본 관광객이 봤
으면 졸도했을지도 모른다.

'곳간에서 인심 난다'는 속담이 있다. 경제적으로 먹고
사는 문제가 어느 정도 해결돼야 남들 형편도 돌아볼 여
유가 생긴다는 뜻이다.

하지만 물질이 풍부하다고 인심이 넉넉한 것은 아니
다. 즉, '물질이 풍부하다=인심이 넉넉하다'라는 등식은
성립되지 않는다. 아흔아홉 개 가진 사람이 백 개를 채우
기 위해 한 개 가진 사람의 것을 뺏으려 하는 것이 세상
인심이다.

사람들에게 소형 비디오카메라를 착용하게 한 후 걸
어 다니면서 그 사람의 일상을 녹화하게 한 실험이 있다.
영상을 분석한 결과 가난한 사람들일수록 어려운 사람을
많이 바라보는 것으로 나타났다고 한다.

'과부 사정은 홀아비가 안다'는 속담처럼 어려운 사람

일수록 다른 사람의 어려움을 더 잘 알기 때문에 그들을 헤아리는 것인지도 모른다. 상처 있는 사람이 다른 사람의 상처를 헤아리고, 아픔 있는 사람이 다른 이의 아픔에 더 공감하는 것처럼.

요즘은 보는 순간부터 포만감을 느끼게 하려는 듯 반찬이 한 상 가득한 한정식 집이 많다. 비록 그것이 상술인지는 몰라도 그 밑바탕에는 우리의 넉넉한 정서가 깔려 있기 때문이라 믿고 싶다.

넉넉한 반찬 문화를 생각하면서 우리의 넉넉한 인심을 생각한다면 너무 확장된 생각일까?

[부연]

나는 '넉넉하다'는 단어가 참 좋다! 이 단어를 보노라면 왠지 모르게 마음이 여유로워진다. 그래서 음식점에서 무언가를 많이 달라고 할 때도 '많이 주세요'라는 말 대신 '넉넉하게 주세요'라고 한다.

예의 없는 사람들

술을 건하게 마신 늦은 밤 집에 돌아가면서 가끔 스마트폰의 주소록을 뒤져 번호 하나를 꾹 눌러댄다. 그냥 무의식적으로 아무 이유 없이 통화 버튼을 눌러본다.

"뭐냐? 한잔했냐?"

"그래, 이눔아!"

'이눔아'라는 말은 왠지 친근감을 준다. 특별한 재료 없이 두부 몇 조각만 넣고 진한 된장을 풀어서 보글보글 끓인 구수한 된장찌개를 연상시킨다.

아무리 그래도 예의를 찌개에 넣어 끓여먹은 것 같다.

늦은 밤 집에서 자려고 하는데 스마트폰이 울려댄다.

"누구지? 이 늦은 시각에?"

발신자를 확인하니 '역시나'였다.

"한잔하고 가면서 그냥 걸었다. 잘 지내지?"

'그냥 걸었다'는 말의 온도는 자못 따뜻하다. '그냥'이란 말은 대개 특별한 이유가 없다는 말이기도 하지만, 군이 이유를 대지 않아도 될 만큼 편안한 사이라는 의미이기도 하다.

그럼에도 불구하고 예의를 화성 탐사선 디스커버리호에 실어 보냈나보다. 이 늦은 시간에 전화를 하다니……

모처럼 일찍 퇴근해서 오랜만에 편안히 TV를 시청하고 있는데 전화벨이 울려댄다.

"나, 지금 퇴근하는 중인데 한잔하자."

"모처럼 일찍 와서 쉬는 중이니까 다음에 하자."

"시끄러, 나 지금 집 쪽으로 가니까 나와."

'시끄러'란 말은 모든 걸 제압해버린다. 내가 다 알아서
할 테니 얌전히 따라오라는 뜻도 있다. 경우에 따라 오만
하고 불쾌할 수도 있는 말이지만 상황에 따라서는 정감
이 느껴져 '픽' 하고 웃음을 띠기도 한다. 이렇게 말할 수
있는 상대가 얼마나 될까?

그렇지만 이 녀석도 역시 예의를 땅 속 깊이 파묻었나
보다.

아주 예의 없는 사람들이다. 그들에게 나 역시 그렇겠
지만!

바비킴의 〈친구여〉라는 노래를 듣다 '아주 무례하기 짝
이 없는' 친구들이 생각났다.

> 오지 마라고 해도 그냥 기어코 오고 말던
> 막무가내 아무 배려도 않은 채 찾아오던
> 아주 무례하기 짝이 없던
> 그 숱한 밤들 때문에 커다랗게
> 내 마음이 구멍이 났을 때

(중략)

뻥 뚫린 마음 채워주던 고마운 내 친구여

— 〈친구여〉, 바비킴

오늘도 한 잔 건하게 한 후 전화할지 모르겠다.

덕분에 챌린지

2019년 12월 중국 우한시에서 발생한 코로나 바이러스는 2020년 들어와 전 세계에서 맹위를 떨치고 있다. 이 글을 쓰고 있는 지금2020.05.14. 우리나라의 사망자는 이백육십 명이고, 세계의 사망자는 약 삼십만 명에 육박하고 있다는 소식이 들려온다.

'코로나19' 사태는 사회의 모든 분야에 어려움을 안겨주었지만 특히 의료진에게는 더욱 힘든 일로 다가왔다. 이런 의료진의 노고를 위로하고 감사한 마음을 전하기 위해 사람들의 다양한 노력들이 진행되었다.

우리나라 방역당국도 코로나와 사투를 벌이고 있는 의료진을 응원하기 위해 '덕분에 챌린지캠페인'을 제안했다. 그날부터 수어手語로 '존경과 자부심'을 뜻하는 동작, 즉 손바닥에 엄지손가락을 받친 인증 사진과 영상들이 잇따라 인터넷 상에 올라오면서, 묵묵히 최선을 다하고 있는 의료진에게 많은 사람들이 감사와 존경의 마음을 표하고 있다.

또한 의료진뿐 아니라 온 국민이 이 힘든 시기를 같이 극복해 나가자며 총 24팀 36명의 인기가수가 참여해 만든 〈상록수 2020〉이라는 노래 역시 우리의 가슴을 뭉클하게 한다.

전 세계적으로도 바이러스 대유행에 맞서 싸우는 의료 종사자들을 위해 유명 팝스타들이 대거 출연한 온라인 콘서트 '원 월드 : 투게더 앳 홈 One World : Together At

Home'이 진행됐다. 이 행사를 통해 천오백억 원이 넘는 기부금이 마련되었고, 이를 의료진 지원에 사용하기로 했다고 한다.

이런 소식은 의료진들뿐만 아니라 보고 듣는 모든 이의 가슴을 따뜻하게 한다. 이런 배려와 따뜻한 마음은 어려움을 극복해내는 데 큰 밑거름이 된다. 세상이 살 만한 곳이라는 것을 느끼게 해준다.

코로나19는 우리 모두에게 또 다른 세상을 열어주었다. 체계적인 방역시스템, 정부의 신속하고 투명한 정보 공개 및 국민들의 적극적인 협조로 코로나 사태가 신속하게 진압되는 중이다. 그리고 우리나라의 방역 시스템이 세계 표준 모델로 인정받으면서 세계 각국 정상이 도움을 요청하는 등 코로나 19 사태로 우리나라의 위상이 전 세계적으로 높아졌으며, 이로 인해 많은 사람들이 자부심을 느끼고 있다.

한동안 헬조선지옥을 뜻하는 'hell'과 '조선'의 합성어을 외치며 우리나라는 살기 힘들며 희망이 없다던 젊은이들이 이제는 대한민국 국민이라는 것을 자랑스러워한다. 이와 관련된 언론 기사마다 감사한 마음과 뿌듯함을 표현한, 긍정의 댓글들이 줄을 잇고 있어 보는 이들의 마음도 흐뭇해진다.

따뜻한 햇빛이 대지를 덮은 눈과 얼음을 녹이듯 긍정의 언어는 우리의 굳은 마음을 녹여주고 닫힌 마음을 열어준다. 긍정의 기운은 자석의 자력磁力이 자기 몸에 달라붙은 쇠붙이에게도 전달되는 것처럼 다른 이에게 전달된다. 그리고 그 사람도 다른 이에게 밝고 따뜻한 기운을 전달하게 해준다.

긍정적 표현이 주는 효과에 대한 실험을 TV에서 시청한 적이 있다.

두 개의 투명 용기에 갓 지은 쌀밥을 넣은 후, 그 용기를 많은 사람들이 근무하는 사무실에 두었다. 사무실 사람들은 약속에 의해 한쪽 쌀밥에는 매일 '고맙다', '넌 나에게 힘을 주는 고마운 존재다', '넌 나에게 필요한 존재야!'라는 등의 긍정적인 말을 해주었고, 다른 쪽 쌀밥에는 '넌 나를 살찌게 하는 나쁜 존재야', '너는 나쁜 밥이야'라는 말처럼 부정적인 말을 했다.

그렇게 일주일을 지낸 결과 사람들이 긍정적인 말을 해준 투명 용기 안의 쌀밥은 일주일이 지나도 상하지 않았지만, 매일 부정적인 말을 해준 투명 용기의 쌀밥에는 보기 불편할 정도로 곰팡이가 많이 슬어있었다.

긍정적이거나 부정적인 말이 밥의 부패에도 영향을 준 것이다. 이처럼 생명이 아닌 밥알도 그런데 하물며 사람에게랴!

긍정의 언어는 거친 사막을 걷고 있는 나그네에게 목마름을 채워주는 오아시스와 같다. 삶에 에너지를 부여하는 생명수이다. 우리가 걸어가는 인생의 길에는 편안한 신작로도 있지만 거친 자갈길이나 가시밭길도 있다. 그 힘든 길에서 지쳐있는 상대에게 위로와 격려가 담긴 긍정의 언어를 보내주자. 그럼으로써 '세상은 그래도 살 만한 곳'이라는 것을 느끼게 해주는 것은 어떨까, 생각해본다.

매주 주말이면 전국의 산에 등산객들이 북적인다. 우리나라 등산 인구는 천오백만 명에 육박한다고 한다. 성인인구 삼천오백만의 약 43%가 등산을 한다는 결론이다. 나 또한 그중 한 명이다.

'100대 산행'이라는 것이 있다. 우리나라의 100대 명산을 모두 등반하는 것이다.

한 유명 아웃도어 업체에서 100대 명산 모든 정상에서 자기 회사의 로고가 박혀있는 타월과 함께 찍은 인증 샷을 보내면, 추첨을 통해 해외 산행을 시켜준다는 것을 알게 됐다. 그래서 100대 산행에 도전하는 사람이 급격히 많아졌다고 한다.

경남 함양에 있는 황석산에 등반했을 때 일이다.

홀로 산행하는 여자 산우山友님을 보았다. 아무리 산행 인구가 많아도 여자 혼자 산행하는 경우는 드문 일이다. 내려오는 도중 그 산우山友님과 이야기를 나누게 되었다. 그녀가 100대 산행을 한다는 것을 알게 됐다. 몇 개의 산을 다녀왔는지 물어봤더니 아흔두 개째란다. 그것도 일 년 반 만에.

짧은 시간에 어떻게 그렇게 많은 산을 다녀왔는지 놀라웠다. 그녀가 말한 사연인즉 이렇다.

"이렇게 본격적으로 산행하게 된 이유가 있습니다. 처음에 저랑 같이 100대 산행을 시작한 분들이 세 명이 더 있었는데, 저만 대충 다니고 그 분들은 아주 열심히 해서 일 년 만에 100대 산행을 마쳤습니다. 허걱! 일 년 만에 100

개의 산이라니! 그리고 그 아웃도어 업체에 인증 샷을 보냈는데 거짓말처럼 세 명 모두 당첨이 됐어요. 두 명은 히말라야의 안나푸르나 산행에, 한 사람은 페루의 트레킹에. 페루의 무슨 산이라고 했는데 가물가물하다. 그 소식을 들은 제 기분이 어떻겠습니까? 같이 시작한 네 명 중 세 명은 100대 명산을 완주했고, 게다가 모두 해외 산행에 당첨됐는데! 저만 낙오했다는 생각이 들더라고요. 그래서 다시 도전하게 된 겁니다. 현재 구십여 개의 산을 다녀왔더니 안 가본 산이 별로 없더라고요. 그러다 보니 최근에는 홀로 산행하는 경우가 많아졌어요!"

이 산우山友님을 만나 여러 번 놀랐다. 구십여 개를 일 년 반 만에 등정했다는 사실에 놀랐는데, 일 년 만에 100대 산행을 끝낸 사람들이 있다는 말에 더 놀랐고, 그 세 명 모두 해외 산행에 당첨됐다고 해서 또 놀랐다. 이 산우님은 나를 놀라게 하려고 하늘이 내려 보낸 것 같았다.

'이 사람이 눈에 불을 켤 만 하겠구나!'

하지만 그녀의 뒷말이 씁쓸한 여운을 남겼다.

"그런데 너무 짧은 시간에 많은 산을 다니다 보니 제가 어느 산을 다녀왔는지 잘 모르겠더라고요. 또 어느 산에 어떤 맛이 있었는지도 모르겠어요! 그렇다고 여기까지 와서 그만둘 수도 없고……."

그녀는 산행을 즐기는 것이 아니었다. 단지 숙제를 하고 있을 뿐이었다.

술을 마시는 사람은 안다. 술 마실 때 단계가 있다는 사실을. 처음엔 분위기로 시작하면서 분위기가 술을 마신다. 그러다 사람이 술을 마시고, 술이 술을 마시고, 마지막엔 술이 사람을 마신다고 한다.

목표가 우리 삶을 움직이게 하는 힘이 될 수 있지만, 그 목표가 우리의 모든 것을 마셔버리지는 않는지 경계하는 지혜가 필요하다.

동양화에는 '여백의 미'라는 것이 있다. 대상의 의미를 더욱 잘 전달하기 위해서는 적절한 여백, 즉 빈 공간이 필요하다는 뜻이다. 보이지 않는 것이 보이는 것보다 더 넓고 깊음을 나타낸다는 의미이기도 하다. 여백이 없는 그림은 우리를 숨 가쁘게 한다.

우리의 삶도 마찬가지인 것 같다. 내 삶이 무엇인가에 휩쓸리지 않기 위해서는 여백을 줄 수 있는 지혜가 필요하다. 공백空白과 쉼표가 필요한 것이다. 특히 무언가 소중한 걸 잊고 산다는 느낌이 들 때 더욱 그래야 하는지 모른다.

쉼표를 찍을 수 있다는 건 스스로 멈출 수 있으며, 또 언제든 다시 나아갈 수 있다는 의미이기도 하다.

쉼표, 우리 삶에 여백을 그리는 일이다.

세
상
의

진
리
를

한 문장으로 만들면

　어느 왕이 신하들에게 세상의 진리를 알기 쉽게 정리
하라는 명령을 내렸습니다. 그 나라의 내로라하는 대학
자들은 오랜 시간 동안 자료들을 수집하고 연구해서 세
상의 진리를 한 권의 책으로 정리했습니다. 그리고 왕에
게 그 책을 바쳤습니다.
　"왕이시여, 우리나라 석학들이 심혈을 기울여서 정리
한 세상의 진리입니다."

왕은 그 책을 한동안 살펴보더니 학자들에게 말했습니다.

"이렇게 두꺼운 책을 삶에 지친 백성들이 어떻게 볼 수 있겠소? 모든 백성들이 쉽게 볼 수 있도록 이 진리들을 종이 한 쪽으로 정리해서 다시 가져오시오."

칭찬 받을 것이라는 예상이 유리잔 깨지듯 산산이 깨지고, 더 어려운 지시가 떨어지자 학자들은 당황했습니다.

석학들은 모여서 논의하고 또 논의했지만 밤하늘에 반짝이는 수많은 별처럼 많고 많은 세상의 진리들을 도저히 한 쪽 분량으로는 정리할 수 없었습니다. 어쩔 수 없이 학자들은 다시 왕에게 고했습니다.

"왕이시여, 저희들이 아무리 노력하고 머리를 맞대어도 그 많은 진리를 종이 한 쪽에 담을 수 없었습니다."

"……"

"그래서 저희는 세상의 진리를 한 문장으로 정리했습니다."

학자들의 말에 왕은 매우 의아해했습니다.

'아니, 너무 많아서 한 쪽에 담을 수 없다면서 한 문장

으로 정리했다니…….'

　왕은 놀라면서 학자들이 제시한 문장을 받아 보았습니다. 잠시 동안 생각에 빠진 왕은 갑자기 큰 소리로 웃으며 소리쳤습니다.

　"그래! 바로 이거야 이거! 이것이 바로 세상의 진리야!"

　학자들은 왕의 만족스러운 반응에 십 년 묵은 체증이 내려간 것처럼 안도감을 표했고, 서로를 바라보며 기뻐했습니다. 학자들이 왕에게 건넨 종이에는 다음과 같은 한 문장이 적혀 있었습니다,

　'세상에 공짜는 없다.'

이 책이 당신에게
따뜻한 선물이 되었기를 바랍니다!

- 이창수

따뜻한 이야기를 함께 나누고픈
당신의 소중한 사람은 누구입니까?

풀잎에도 상처가 있다는데

초판 1쇄 발행 2020년 6월 1일

지 은 이 이창수
발 행 인 권선복
편   집 권보송
디 자 인 최새롬
전 자 책 서보미
발 행 처 도서출판 행복에너지
출판등록 제315-2011-000035호
주   소 (157-010) 서울특별시 강서구 화곡로 232
전   화 0505-613-6133
팩   스 0303-0799-1560
홈페이지 www.happybook.or.kr
이 메 일 ksbdata@daum.net

값 15,000원
ISBN 979-11-5602-808-6 03810

도서출판 행복에너지는 독자 여러분의 아이디어와 원고 투고를 기다립니다. 책으로
만들기를 원하는 콘텐츠가 있으신 분은 이메일이나 홈페이지를 통해 간단한 기획서와
기획의도, 연락처 등을 보내주십시오. 행복에너지의 문은 언제나 활짝 열려 있습니다.